相棒

season 11

EPISODE 1

甲斐享
杉下右京

EPISODE 2

EPISODE 3

EPISODE 4

EPISODE 5

EPISODE 6

相棒 season11

上

脚本・輿水泰弘ほか／ノベライズ・碇　卯人

朝日文庫

本書は二〇一二年十月十日〜二〇一三年三月二十日にテレビ朝日系列で放送された「相棒　シーズン11」の第一話〜第六話の脚本をもとに全六話に構成して小説化したものです。小説化にあたり、変更がありますことをご了承ください。

相棒 season 11 上 目次

装丁・口絵・章扉／藤田恒三

杉下右京　警視庁特命係係長。警部。
甲斐享　警視庁特命係。巡査部長。
月本幸子　小料理屋〈花の里〉女将。
笛吹悦子　日本国際航空客室乗務員。
伊丹憲一　警視庁刑事部捜査一課。巡査部長。
三浦信輔　警視庁刑事部捜査一課。巡査部長。
芹沢慶二　警視庁刑事部捜査一課。巡査。
角田六郎　警視庁組織犯罪対策部組織犯罪対策五課長。警視。
米沢守　警視庁刑事部鑑識課。巡査部長。
大河内春樹　警視庁警務部首席監察官。警視正。
中園照生　警視庁刑事部参事官。警視正。
内村完爾　警視庁刑事部長。警視長。
甲斐峯秋　警察庁次長。

相棒

season

11 上

第一話「聖域」

一

旅先の香港で迎える何度目かの朝、甲斐亨《かいとおる》は銃声の響きで目を覚ました。驚いてベッドから跳ね起きた亨の体中に汗が滲《にじ》んでいる。銃声は現実ではなかった。夢のなかでのことだった。その前に大勢の男や女の笑い声がした。ねばねばと体に絡みつくその声に、亨はうなされていた。

ナイトテーブルの時計を見ると、まだ六時半前である。亨は脇にあるスイッチを押して電動カーテンを開けた。天井まで届いた大きな窓いっぱいにビクトリアハーバーの朝の光景が広がった。少し高くついたが、このホテルにして正解だった。

「もう起きたの？　早いね」

亨のとなりでシーツに包《くる》まっている笛吹悦子《うすいえつこ》が、その光に目を覚まして眠たげな声を出す。

「見ろよ。すげえじゃん、景色」

無邪気に感嘆の声を上げる亨に、悦子は面倒くさそうに応えた。

「もう見飽きたよ」

白けた亨の頭に、再び夢の続きが訪れた。いや、それは夢ではなかった。昨日、晩餐《ばんさん》の招待を受けた総領事公邸で起こった現実のことだった。

あれは食事も終わって、男たちが連れ立ってスモーキングルームに行き、女たちはコレクションの展示室に分かれて行った後のことだった。総領事の小日向貞穂《こひなたさだほ》は晩餐にすっかり満足しきった様子でソファにもたれ、太いシガーを美味しそうにくゆらせていた。亨以外の皆が紫煙《しえん》を漂わせていた。小日向が亨にもシガーを勧めたが、亨はタバコは嗜《たしな》まない、と断った。小日向の腹心である江崎秀明《えざきひであき》が、タバコとシガーとは別物だとさらに勧めると、あまりにも縁遠いこの場に亨が居合わせる原因を作った先輩の根津誠一《ねづせいいち》が後押しをした。

——ようやく願いが叶って刑事になったんだ。祝いの一服としゃれ込んでみろよ。

実は亨はつい先日、交番の巡査から刑事に昇格したばかりだった。そのことを踏まえて副領事の三井直政《みついなおまさ》が根津に訊《たず》ねた。

——警察官の中でも刑事になるのは、やはり難しいんですか？

——選抜試験があるんですが、実はその試験を受けるためには署長推薦が必要なんですよ。しかし、署長推薦をもらうのは並大抵じゃない。警察官として、よっぽど優秀だと認められなければ推薦はもらえませんね。しかも首尾よく推薦をもらえて選抜試験に臨んでも、合格するのは三人にひとり程度です。

——ほう、それは狭き門だ。驚いた江崎が続けた。

――しかしきみには強力なコネがあるわけだから、刑事になるのもそんなに苦労はなかったんじゃないの？　なんにだって抜け道はあるだろう。

享の代わりに根津が答えた。

――いや、こいつの場合はそういうコネは一切利用せずやってきてますから。なっ。

いちばん触れられたくない部分をいきなり素手で掴《つか》まれた享は、半ば自棄《やけ》になってシガーを手に取った。

――吸ってみようかな。せっかくだから吸ってみます。これ、火はどうやってつけるんです？

展示室の方から銃声が響いてきたのは、小日向が江崎に命じてシガーに火をつけさせている最中のことだった。


「ねえ、どうしたのよ？」

悦子が享に声をかけたのは、ネイザンロードの界隈《かいわい》を観光している時だった。

「心ここにあらずって感じ。ゆうべなんかあった？」

「別に」

悦子の先をぐんぐんと歩いて行く享が、振り返りもせずに答えた。

「ふーん。そもそもさ、なんであんたが総領事のお宅にお呼ばれしたわけ？」

亨は投げ捨てるように答えた。

「親父のせいだよ」

「お父さん？」

亨の父親、甲斐《かい》峯秋《みねあき》は警察官僚としては超エリートで、先日の人事異動で警察庁の次長に就任したのだった。それを領事館に漏らしたのは、いまは警察庁から外務省に出向して領事館担当になっている根津だった。そのことに亨が抗議すると、根津は素直に謝った。

――すまん、すまん。うっかり口が滑ったんだ。そしたら総領事夫人が、甲斐さんの坊ちゃんならばぜひ晩餐にって。

――〝坊ちゃん〟なんてやめてくださいよ。

――俺が言ったんじゃない！　総領事夫人だ。なんでも夫人とおまえのパパは旧知の間柄らしいぞ。ハッ、奇遇だな。

――〝坊ちゃん〟じゃないし、彼をパパと呼んだことも一度もありません！

興奮した亨が晩餐会への招待を頑《かたく》なに拒《こば》むと、根津が開き直った。

――偉くなったねえ。あっ、そうか。刑事になったんだよね。おめでとう。その報告を兼ねて、わざわざ私ごときに会いに来てくれたんだっけか。お忙しいなか、どうもすいませんでしたね。

――ちょっと、根津さん！

――恩着せがましく言うつもりないけどさ、俺、おまえのパパとは関係なしにおまえと接してきたぞ。そうじゃない連中だっているだろ。そんな俺がうっかり口を滑らせたことについて、おまえ、そんなふうに非難するか？

先輩にそこまで言われて享は仕方なく招待を受け入れ、当日の五時にホテルに迎えにきた車に乗ったのだった。

「へえ。公用車がお迎え。さすがお父さんのご威光はすさまじいわね」

素直に感心した悦子を、享はグッと睨《にら》みつけた。

「あっ、ごめんごめん。そんな仏頂面《ぶっちょうづら》すんなってば。なるほどねえ。そういういきさつか。機嫌悪いわけだ。で、晩餐どうだったの？　美味しかった？　意外とまずくて、余計、機嫌損ねちゃった感じ？」

興味本位で矢継ぎ早に訊ねてくる悦子に、享はそっぽを向いた。

「おまえには、もう何も話さねえ」

「フフッ。今日はことの外、怒りっぽいね」

享は特に怒っているわけではなかった。しかしあの展示室の光景を思い浮かべる度に、心が塞《ふさ》ぐのだった。

銃声を聞いて急いで駆けつけた男たちは、驚くべき場面に遭遇した。和服を着た総領事夫人の詠美《えいみ》がピストルを持ち、その銃口の先には三井の妻、絵里花《えりか》が倒れていたのだ。三井は血相を変えて走り寄り、絵里花を抱いて名を叫んだが、もうすでにこと切れているのは誰の目にも明らかだった。

二

言葉少なななまま、お決まりのオープントップバスに乗り、繁華街の雑踏を見下ろしながら風に吹かれていた享と悦子は、実に奇妙な人物に出くわした。英国風のスーツに身を固め、オールバックの髪形にメタルフレームの眼鏡をかけたその男は、後部座席からツカツカと通路を歩いて来ると享たちの座席のひとつ前の空席に座り、くるりと悦子を振り返った。

「どうも」

こんな人物に心当たりはないと悦子はしばし首を捻《ひね》っていたが、急に思い出して声を上げた。

「あっ！　その節は申し訳ありませんでした」

あれは先週のロンドンへのフライトでのことだった。ドリンクをサービスしていた悦子が、突然の揺れにバランスを崩し、その男のスーツにドリンクをこぼしてしまったのだった。

「いえ、あれは不可抗力ですから」

男はにんまりと微笑んだ。

「誰？」

脇で享が不愉快そうに眉をひそめた。

「お客様」

「えっ？」

「杉下《すぎした》と申します」

その男は警視庁特命係の警部、杉下右京《うきょう》だった。

「制服姿の時とはいささか印象が違うので、どうかなと思ったのですが、やっぱり、あなたでした」

「サービスの時に飲み物こぼしちゃったの。本当に申し訳ありませんでした」

享に説明しつつ悦子が頭を下げると、

「ですから、あれは不可抗力です。クリア・エア・タービュランス。訳すと晴天乱流《せいてんらんりゅう》でしょうか。予期せぬ揺れが粗相の原因です。つまり、あなたにはなんの責任もありません。とんだお邪魔をしてしまいました。失礼致しました」

右京は淀《よど》みない口調でそう言うと、頭をひとつ下げるなり、くるりと前を向いた。

享も悦子も程なくその珍客のことを忘れ、それぞれ沈黙を保ちながら街の風景を眺めていたが、やがて亨が独り言のように呟いた。

「隠蔽《いんぺい》しろってか」

「ん？　何？」

悦子が聞き返したが、亨は、

「おまえには関係ない」

と言ったまま、再び目を風景に戻した。


「思いがけず、お目にかかれて光栄でした」

バスが終点に着き、降車したところで右京が悦子と亨に声をかけた。

「こちらこそ。よい旅を」悦子が応えた。

「そちらも」と一礼して別れるところで、右京がふたりを呼び止めた。「ああ、ひとつ、つかぬことをお伺いしますが、〝隠蔽〟とおっしゃってましたよね」

「えっ？」

意外なことを訊かれて、亨は戸惑いの色を見せた。

「ぼくの聞き違いでなければ、先ほどあなたは〝インペイしろってか〟とおっしゃってました。無意識に口をついて出た感じでしたが、あなたのおっしゃった『インペイ』というのは、真相を覆い隠すという意味の『隠蔽』でしょうかねえ？　あっ、いえあれこれ考えてみたのですが、他に適当な漢字が考えつかないものですからねえ。お聞きしています」

「言ったかな、そんなこと」

白を切ろうとする享を、悦子が正した。

「言ってたじゃん」

「あ、そう……」

「確かに真相を隠すという意味ですが、『隠蔽』という単語には単なる隠すというのとは違う、独特な響きがありますからねえ。いささか気になってしまって」

享は変な言いがかりをつけられた気がして、急に不機嫌になった。

「言った覚えはないけど、どっちにしろ、おたくには関係のないことですから気にしないでください」

「はい、ごもっとも。お引き止めしてすみませんでした。どうも」

右京が謝ると、享は悦子の手を引いてずんずんと歩み去って行った。悦子は右京を振り返り、申し訳なさそうに頭を下げた。

三

香港の繁華街のなかには、ちょっとした空き地にテーブルが並べられ、そこで安くて美味い料理を出す店が多くある。さまざまな国から来た観光客や地元の住人に交じって、享と悦子もそんな店で仲睦《むつ》まじく本場の中華料理に舌鼓を打っていた……と言いたいところだが、黙々と料理を口に入れているのは享のみで、悦子はそんな享を不審の目で見つめていた。

「ん？　食わねえの？　食っちゃうぜ」

享の箸《はし》は止まらない。

「何か隠してるでしょ。無理やり晩餐会に招かれて不機嫌なだけじゃないって。他に何かあったんでしょ？　ねえ、享」

「いちいち穿鑿《せんさく》すんなよ」

「〝隠蔽〟って何？」

「言ってねえよ、そんなこと」

「言ったよ。確かに聞いた」

「おまえの耳がおかしいんだ」

売り言葉に買い言葉が続く。

「じゃあ、あの人の耳も？」

「誰だよ、あいつ」

「知らないわよ！」

「おまえの客だろ？」

「私の客じゃないわよ。私の会社の客」

「野次馬根性丸出しのおかしな奴」

右京の出現で、享の不機嫌はますます募ったようだった。

ホテルに戻っても、享の頭は昨夜の出来事に占領されていた。あの根津が土下座までして享に言った言葉が忘れられない。

——このとおりだ！　もう納得してくれとは言わない。ただ、理解してほしい。理解して、今夜のことには一切、目をつむってくれ。口をつぐんでくれ。頼む。

バスルームから悦子が出てきた。

「入っちゃえば？」

バスローブを纏《まと》って髪を拭《ふ》いている悦子に、享が呟くように語りかけた。

「根津さんからさ……」

「えっ？」

「根津さんから……」

「ああ、根津さん？　警察の先輩だっけ？」

「うん。もとは警視庁本部の地域部にいた人。今は警察庁に引っ張られて外務省に出向中」

「ふーん。で、その根津さんから何？」

珍しく言いよどむ享を悦子が促す。

「隠蔽を頼まれた」

「えっ？」

「目をつむってくれ。口をつぐんでくれって」

「なんの？　何を隠せっていうの？　ねえ……」

「それを言ったら隠蔽になんねえだろ、馬鹿」

肝心なところをはぐらかされた悦子が、もどかしげに聞き返そうとすると、ナイトテーブルの上の電話が鳴った。

「もしもし」

享が出ると、

――甲斐享さんですね？

と相手は確かめてから、別の人物に替わった。

――俺だ。

その声は享の神経を逆撫《さかな》でした。

――聞いてるのか？

「聞こえてますよ」

返事をするのも嫌なその男は、父親の甲斐峯秋だった。

──不機嫌な声を出すなよ。

「なんの用ですか？」

──失礼はなかったろうな？

「えっ？」

──総領事のお宅でだ。

そのひと言で旅先の香港にまで電話をかけてきた真意が摑めた享は、無性に腹が立った。

「気になるなら向こうに訊きゃあいいでしょ。倅《せがれ》はちゃんとしてましたかって。テーブルマナーは問題ありませんでしたか、言葉遣いは適切でしたかって」

一気にまくし立てる享を、峯秋は鼻で笑った。

──変わらんな、おまえは。

「もう切りますよ」

受話器を耳から離そうとしたところへ、峯秋が続けた。

──いや、待て。用事はこれからだ。おまえが承知しているかどうかはわからんが、この夏、俺は本庁に戻った。地方にいる頃とは違って、今度は警視庁をはじめ全国の警察本部を指揮監督する立場だ。今までおまえのことなど眼中になかったんだが、いざこの立場になってみると、配下の組織のなかに出来損ないの倅がいるってのが、どうにも気になってならん。のどに突き刺さった魚の小骨のようで、鬱陶《うっとう》しいんだよ。わかるだろ？　ここはひとつ最初で最後の親孝行だと思って、とっとと警察を辞めてくれないか？

話の途中から腸《はらわた》が煮えくり返るほどだった享は、怒りを押し殺して言った。

「言いたいことはそれだけですか？」

——まあ、再就職の先を世話してやってもいいぞ。

それを聞いてとうとう堪忍袋の緒が切れた享は、

「おととい来やがれ！」

と怒鳴るなり、受話器を叩きつけるように置いて、馬鹿！　と毒づいた。

電話の向こうでは峯秋が、

「おととい来やがれ、か……」

と虚《うつ》ろな目で呟いていた。

四

帰りの飛行機では、悦子はCA《キャビンアテンダント》として通常業務につき、享は乗客のひとりとして客席に座っていた。定刻が近づき、悦子が手荷物入れなどを確認していると、通路の向こうから見知った人物がやってきた。

「これはどうも。またお会いしましたね」

右京だった。

「おはようございます」

悦子が笑顔で迎える。

「おはようございます」

シートに着こうとした右京の視野に、通路を隔てて後方に座っている享の姿が入ってきた。

「あっ！」

享も右京に気づいて声を上げた。

「これはこれは！　よくよくご縁があるようですねえ。昨日は、あれからどちらへ？」

気安く声をかけてくる右京を鬱陶しげに見た享は、

「どこだっていいでしょ」

と冷たくあしらったが、右京は気にも留めずに続けた。

「ごもっとも。ぼくはハッピーバレーへ行きましてね」

「えっ？」

「競馬です。都合六レース勝負しましたが、全敗でした。どうもぼくには博才《ばくさい》がないようです。フフッ」

「だったら、やめりゃいいのに」

独り言のように呟いた享の声を、右京が聞きつけた。

「はい？」

「才能ないなら手出さないのが利口でしょ」

「おっしゃるとおり」

右京が引き下がろうとしたとき、白い布に包まれた大きな矩形《くけい》の箱を胸に抱えたスーツ姿の男が、通路を歩いてきた。その男と目が合った享は驚きを隠せなかった。副領事の三井だったのだ。

三井も享の顔を見て驚いた風だったが、気まずそうに目を逸《そ》らして後方の席に歩いて行った。

「お知り合いですか？」

右京が享に訊ねた。

「えっ？」

「そんな感じがしたものですから」

「ああ……ええ」

曖昧《あいまい》に答えた享に、右京が重ねた。

「外交旅券をお持ちでしたね」

三井が内ポケットからそれを出し、チケットの半券を挟んだのを、右京は目ざとく見ていた。しつこく話しかけてくる右京に、享はうんざり顔でため息を吐いて言った。

「領事ですよ。在香港日本国総領事館の副領事」

「なるほど。となると、あなたもそちら方面のお仕事ですか？」

右京が訊くと、享はひと呼吸置いて言った。

「警察官です」

「はい？」

「俺は警視庁中根《なかね》警察署捜査一係の刑事です。はい」

右京は目を丸くした。

「驚きました」

「だったら、もう黙ってくれよ」

享はこれでもう決定打を放った、という感じで言い捨てたのだが、結果、思いも寄らない応えが返ってきた。

「実は、ぼくもなんですよ」

「何が？」

「ぼくも警察官です」

「えっ⁉」

今度は亨が驚く番だった。一オクターブ高い声を上げた亨を見て、右京は深く頷《うなず》いた。

「ええ」

ふたりがそんな遣《や》り取りをしているなか、後方で客とCAが何やら揉《も》めている気配がした。

「これは妻の遺骨なんだよ」

揉めている客は三井だった。

「お客様のお気持ちはお察しします。ですが、膝に抱えたままでいらっしゃると飛行機が離陸出来ませんので、飛び立つまでお隣のお席にお置き願えませんか？」

必死で説得しているCAは悦子だった。

「奥様がお亡くなりになったようですね。ご存じでしたか？」

右京が小声で訊ねると、亨はそれに答える代わりにシートベルトを外して席を立ち、説得されて遺骨を隣に置いた三井のところへツカツカと歩み寄った。

「あなた、本当にこれでいいんですか？」

亨が詰問口調で言うと、三井はそれを振り払うように、

「きみには関係ないよ」

と応えてそっぽを向いた。

「お客様、まもなく離陸致しますので……」

その様子に慌てた別のCAが注意したが、享はそれを無視して続けた。

「これで奥さん、浮かばれますか？」

「お客様……」

「本当にいいんですか？」

同僚が困り果てている相手が享だと気付いた悦子が、血相を変えてやってきた。

「お客様、どうぞお戻りください」

享は悦子の言葉にも抗《あらが》って、三井を睨んだまま動こうとしない。たまりかねた悦子は、享の腕を摑んで強引に座席まで引っぱって行った。さすがの享も悦子の無言の叱責《しっせき》に、大人しく座るしかなかった。

間もなく飛行機は離陸し、高度を上げて水平飛行に入った。右京が後方を見やると、三井は険しい表情で前を見据えたまま身じろぎもしない。

彼の頭のなかでは、事件の直後に呼ばれた小日向の部屋での会話が渦を巻いていた。

――おまえはこれからも外務省でやっていきたいのか？

小日向が言った。

――それは、もちろんです。

――だったら、この俺がくどくど言わんでもわかるな。ん？

三井は小日向の狡猾《こうかつ》な顔を睨みつけた。

――泣き寝入りですか？

すると小日向は声を荒らげた。

――言葉を慎め！　馬鹿者が。まあ、どうしても騒ぎたければ騒げばいい。おまえが騒げば、俺は失脚だ。だが、同時におまえも外務省にいられなくなるぞ。

――えっ？

――そりゃそうだろう。外務省が上司に不利な秘密を暴露するような男を重用するとでも思ってるのか？　そうすれば英雄になれるとでも？　騒げばおまえは一生ドサ回りの運命だぞ。わかるだろ？

――わかりました。

三井は怒りを飲み込んで、頷いた。

――そうか。おまえが俺に、ここまで言わせるほどの阿呆《あほう》とは思わなかったが、まあいい。女房の突然の死で、今のおまえは平常じゃないんだろうからな。

背中を向ける小日向を見て、憤《いきどお》りのあまり三井はブルブルと震えた。

　享と悦子は、お互いの仕事のリズムの差がふたりの関係に支障をきたさないよう、悦子のスケジュールに合わせて、享の方が来られるときに悦子のマンションを訪れるという、いわば緩い半同棲生活を営んでいた。今日もフライトを終えて悦子が戻ってくると、享が先に来て夕飯の支度をしていた。

「今日、何？」

　リビングに入ってきた悦子が、キッチンのなかの享に訊ねると、

「サラダとパスタ」

　との答えが返ってきた。

「おっ！　いいね」

　ダイニングテーブルに着いた悦子に、享が手を休めずに話しかけた。

「あの変なおじさんさ……」

「えっ？」

「いたろ？　野次馬根性丸出しの変なの」

「ああ。杉下さんだったっけ？」

「警察官なんだと」

「ええっ？」

　悦子の驚く顔を見て、享はにんまりした。

「びっくりした？　だろ？　俺もびっくりだよ。まあ、本当か嘘かわかんないけど」

キッチンからリビングに出てきた享に向かって、悦子が身を乗り出した。

「ねえ、享。やっぱさ……」

享がそれを遮《さえぎ》った。

「ストップ！　それ以上言うな。わかってるよ、ちゃんとするよ」

「ちゃんとするって？」

「やっぱ黙っちゃおけねえからな。根津さんには申し訳ないけど、黙ったままじゃ、俺の刑事生活はちゃんとスタート出来ねえからな。うん！　うん……」

享はひとりで言い出し、ひとりで頷いてキッチンに戻って行った。

帰国した翌朝、右京が登庁し特命係の小部屋に向かおうとするところで、隣の組織犯罪対策五課の大木長十郎《おおきちようじゆうろう》と小松真琴《こまつまこと》につかまり抗議を受けた。彼らのボスである角田六郎《かくたろくろう》をあまりこき使わないで欲しいというのだ。

「ああ見えてうちのボス、頼まれると嫌と言えない損な性分なんすよ。それにおだてるとスイスイ木に登っちゃうし。ね？」

右京はふたりをジロリと見返して、小部屋に入って行った。

「おはようございます」

「ああ、おはよう」特命係の小部屋でモーニングコーヒーを飲んでいた角田は、右京に向かって言った。「あんた、庁内じゃ敵だらけだしな」

「はい？」

「おまけに今はひとりぼっちだろ？　気の毒だと思うから頼みごとのひとつやふたつ聞いてやるけどさ」

「課長には感謝しています」

右京はティーポットに魔法瓶からお湯を注ぎながら応えた。

「こう見えて俺も忙しいからさ」

「課長の他に頼る人がいないんですよ」

「そう言われちゃうと、何も言えなくなっちゃうけどさ」

「で、調べはつきましたか？」

「ついたからこうして待ってたんだろ？」

「ごもっとも」

「あんたの言ってた人物っていうのは、こいつか？」

角田は一枚の人物写真を右京に差し出した。

「ええ」

「名前は三井直政、三十七歳。あんたの言ってたとおり、在香港日本国総領事館の副領事だ。奥さんを亡くして帰国中。これもあんたの言ってたとおりだな」

角田はメモを見ながら言った。

「亡くなった奥さんについての情報は取れましたか？」

角田はそこで胸を張った。

「俺を誰だと思ってる？　名前は三井絵里花、三十四歳。九月七日だから、一昨々日《さきおととい》か。総領事公邸で急死したらしい。さしもの俺も奥さんの写真ばかりは入手出来なかったが」

「いえ、さすが課長です。わずかな時間でよく調べてくださいました」

右京はサーバーを手にして、角田のパンダカップにコーヒーを注いだ。

「本当だよ。あんた、昨日帰国するなり、『お願いがあります。かくかくしかじか、調べて頂けませんか？』だもんな。俺、超特急で調べたんだよ。俺も人がいいよな」

右京が重ねて訊ねる。

「で、奥さんの死因は？」

角田は再びメモを見た。

「ああ。えー、病死だな。急性心不全」

「なるほど。病死ですか」

右京が頷いた。

五

「病死なんかじゃありませんよ！」

就任したての中根警察署捜査一係のフロアで、享は声を荒らげた。

「しかし、外務省からはそういう返答が来ている」

上司である係長、堀江《ほりえ》邦之《くにゆき》が面倒くさそうな顔で応える。休日を終えて出勤した享は、早速香港の総領事公邸での出来事をありのまま報告したのだった。

「だから、本省に上がってる報告は事実じゃないんですって」

享が力んで主張すると、中根署のベテラン刑事の沢田《さわだ》泰三《たいぞう》が、

「拳銃の暴発ねえ」

と不審そうに繰り返す。

「見たんすから、俺。いたんですから、現場に」

それを聞いて中堅どころの刑事、土屋《つちや》公示《こうじ》が方言丸出しで言った。

「暴発ってことは事故だべな」

「事故ですけど、死人が出てるんですよ。正直に拳銃の暴発で死人が出たなんて言うと大問題になるから、病死なんて嘘の報告を上げてるんです。ほっといていいんですか？

こんなこと」

「カイト」

堀江が享にあだ名で呼びかけた。

「はい」

「殺しというならまだしも、事故となれば少なくとも俺たちの仕事じゃない」

「じゃあ、誰の仕事なんですか！」

享が再び噛《か》みついたところへ、女性警察官の声がかかった。

「お話中すみません。甲斐さんにお客様なんですけど」

享が振り向くと、入り口あたりに立ち、ニコッと笑って手を上げている男がいた。右京だった。

「わざわざ調べたんですか」

フロアから廊下に出たところで、享が呆《あき》れ顔をした。

「きみの呟いた『隠蔽』という言葉。そして、飛行機の中で三井さんに投げかけた言葉。それらがどうも引っかかってしまいましてね」

「奥さんの死因については、どう聞いてます？」

「病死だと」

「違います。本当は拳銃の暴発なんです。香港の総領事館から外務省に上がった報告はアレンジされたものです」

「なるほど。拳銃の暴発となると、穏やかじゃありませんからねえ。どうでしょう、きみがその事実を知るに至ったいきさつについて詳しく聞かせてもらえませんかねえ」

右京は興味津々のようだった。

「聞いてどうするんですか？」

享が半ばうんざり顔で訊ねる。

「はい？」

「異国の地、香港での出来事ですよ」

「総領事公邸のなかでの出来事ならば、われわれ日本の警察の管轄ですよ」

「奥さんが病死っていうのは嘘ですけど、あくまでも事故死です」

「不法に拳銃が所持され、その拳銃によって暴発事故が起こった。その重大な事実が隠されているとしたら、見過ごすわけにはいきませんねえ」

「でも、それってあなたの仕事ですか？」

「ならば誰の仕事だというんですか？」

享は先ほど堀江にぶつけた自分のせりふをそっくりそのまま、図らずも右京の口から聞くことになった。

「どうして総領事公邸に招かれたかは聞かないでください。今回の件とは関係ありませんから」

ひと言前置きを添えてから、亨は総領事公邸で起こった出来事を右京に話し始めた。

「とにかく、俺は総領事公邸での晩餐会に招かれたんです。晩餐会といってもごく内輪の食事会で、出席したのは総領事で在香港日本国総領事館の主である小日向貞穂とその夫人の詠美。小日向の部下で領事の江崎秀明と、その夫人の絹子《きぬこ》。副領事の三井直政と、その夫人で今回亡くなった絵里花。それから、警察庁から出向中の在外公館警備対策官、根津誠一と俺。計八名でした。食事が終わると男女分かれて、俺たちはスモーキングルームへ行きました。そこでしばらく過ごしていると、突然、銃声が聞こえてきました。慌てて駆けつけると、総領事のコレクションルームで三井夫人が倒れていて、総領事夫人が真っ青な顔をして拳銃を握っていたんです……」

しばし茫然《ぼうぜん》としていた詠美だったが、正気を取り戻してすぐに救急車を呼ぼうとした。それを遮った小日向が、代わりに柴山《しばやま》という領事館勤務の医務官を呼べと江崎に命じた。死亡診断書を書いてもらうためだった。そして変わり果てた姿の妻を抱いている三井を、話があるから、と小日向は自分の部屋に呼んだ。根津は詠美と江崎の妻の絹子を休ませるため別室に連れて行ったのち、ふたりきりで話が出来る場所に亨を呼び出した。

――本国でなら警察を呼ぶことになるでしょうね。遺体には銃創があるんだから一大事ですよ。
最初に呼ぶのが柴山だということに異議を唱えた享に、根津が言った。
――そうだな。だが、ここではちっとも一大事にならない。
――ならない？
――そりゃそうだ。そもそも日本の警察がここに簡単に来られると思うか？　まして
や地元香港警察はここには入れない。ここは一種の独立国なんだよ。国王は総領事だ。
彼の意向で全てが決まる。柴山先生は死因を銃撃によるものとは書かないだろう。そん
な報告、本省に上げられると思うか？　そんなことしたら総領事は一巻の終わりだ。た
とえ女房の不始末だろうが、一生冷や飯食らいは免れない。三井の女房の死因は、当た
り障《さわ》りのないものに変更されるはずだ。
――そんな馬鹿な！
享が叫んだ。
――賭《か》けてもいい。
――でもそんなの、みんなが納得するとは思えない。
――まあ常識で考えればそう思うだろうが、ここはそんな常識が通用する場所じゃな
い。
――奥さんが死んでるんですよ。少なくとも三井さんが黙ってるわけないでしょう。

——まあ、さすがにウダウダ言うだろうが……だから今、総領事は三井とサシで話してるんだ。因果を含めてるんだよ。ここまで正直に話したんだ。おまえもこの件は、それで納得してくれるよな？

先輩として信頼していた根津から信じられない言葉を聞き、享はそっぽを向いた。

——どうした？

根津に再度訊かれたときに、例のせりふが口をついて出たのだった。

——隠蔽しろってか。

——え？

——だって隠蔽するってことでしょう？

——隠蔽？　それはちょっと言葉が過ぎるな。別に隠すわけじゃない。出来事に少々アレンジを施すだけだ。

——詭弁《きべん》ですよ、そんなの！

——なあ、ここは俺の顔に免じて納得してくれ。

泣き落としにかかる根津に、享はほとほと愛想が尽きたというようにため息を吐いた。

——変わっちゃったな、根津さん。

——そうか。前の俺はどんなんだった？

——少なくとも、不正に与《くみ》するような人じゃなかった。

根津は少々考えてから言い訳をした。

――まあこんなとこにいると、人間、少なからずダメになるのかもな。カイト、在外公館ってのはおまえが想像するよりずっと特殊な場所なんだ。半年もいりゃあらゆる感覚が麻痺《まひ》してくる。

――開き直ってるんですか？

どうにも埒《らち》が明かないと悟った根津は、とうとう土下座までしてこう言った。

――このとおりだ！　もう納得してくれとは言わない。ただ、理解してほしい。理解して、今夜のことには一切、目をつむってくれ。口をつぐんでくれ。頼む。

そこまでを享の口から聞いた右京が納得顔で言った。

「香港でお目にかかった時に、何やら思い悩んでいる様子だったのはそういう理由でしたか。それはともかく、総領事の意向を汲《く》み取る形で事実が隠蔽されたことはよくわかりましたが、他の関係者はまだしも、この件で奥様を亡くされた三井副領事までが本当に納得しているのでしょうかねえ？　きみならずとも、あなたは本当にこれでいいのか、これで奥様は浮かばれるのか、と問いかけたいところですねえ」

異国の総領事公邸での事件にこれほどまでに入れ込む右京を、享は不思議そうな顔で見た。

「知り合いかよ？」

捜査一係のフロアに戻った享に、沢田が訊いてきた。

「杉下右京だろ？」

土屋が入り口あたりを顎《あご》で指した。

「そうですけど」

戸惑っている享を、堀江が呼んだ。

「カイト。おまえ、杉下右京とどういう関係だ？」

「いや、どうって……あの人、有名人ですか？」

享に訊ねられて、堀江は大きなため息を吐いた。

六

その夜、やはり気にかかって享が三井の住むマンションを訪ねたところ、エントランスで先客に鉢合わせた。杉下右京だった。

「やあ、きみでしたか」

享を見て右京が言った。

「よっぽど暇なんですね」

呆れ顔の享に、右京は苦笑いして三井の部屋のインターフォンの番号を押した。

「おそれ入ります。三井直政さんでしょうか？」

――どなたですか？

「警視庁の……」

と右京が自己紹介しようとすると、享が脇から割り込んできた。

「甲斐です。香港でお目にかかった甲斐享です」

――なんか用かな？

三井は不機嫌な声で訊ねた。

「奥さんの件です」

享が告げると、三井は即座に断った。

――話すことはないよ。

享に代わり、今度は右京がマイクに向かった。

「実は彼が、あなたの奥様は病死ではないと言っているものですからねえ」

すると三井はきっぱり言った。

――妻は病死です。

「嘘だ。俺、だって現場にいたんですよ」

それを聞いて三井はひと言、

――もう帰ってくれ。

と言ったなり、インターフォンを切ってしまった。

「病死だとはっきりおっしゃってましたねえ」

右京の言葉に、享がむきになって刃向かった。

「彼は嘘を言ってます。信用しないんですか？」

「きみをですか？」

「俺、嘘なんか言ってませんよ」

「さあ……きみの証言を全面的に信用するだけの根拠がまだありませんからねえ。しかも形勢から見ると、きみは極めて不利ですよ。総領事以下、今回の関係者はきみを除いて全員が病死だとおっしゃってるわけですからね」そう言って右京は帰りかけたが、再び享を振り返って、「ここまではどうやって？」と訊ねた。

「え？」

「車ですか？」

「いいえ、電車を乗り継いで」

「よろしければどこかまで送りますよ」

そう言って右京はエレベーター脇にある防犯カメラをちらと見た。

神戸尊《かんべたける》が特命係を去ったあと、右京はもっぱら自分の車を運転して移動していた。スポーティなGT－Rとは大違いの可愛いコンパクトカーである。その助手席に享を乗せた右京はハンドルを握りながら言った。

「そういえば、あなたのお父上は警察庁にいらっしゃるようですねえ」

「調べたんですか」

「ついでに、ちらっと」

「甲斐峯秋。本庁の偉いさんですよ」

「ええ。この夏、次長として赴任なさった方ですねえ」

「ぼくをいじめると、パパが承知しませんよ」

享が自虐《じぎやく》的に言った。

「わかりました。十分注意しましょう」

今度は享が逆襲する番だった。

「実はあのあと、先輩たちから杉下さんのこと、レクチャーされました」

「そうですか」

「評判悪いっすね」

「おやおや」

享の歯に衣着せぬ物言いに、右京は目を丸くした。

悦子の部屋に戻ってきた享は、早速、右京のことを報告した。

「窓際?」

「特命係っていう窓際部署に追いやられてるらしい」

「ふーん」

「陸の孤島の住人だって、係長言ってた」

「やめな、そんな人と付き合うの。せっかく刑事になれたんだから」

悦子が忠告すると、享は不機嫌そうに応じた。

「別に付き合っちゃいねえよ」

七

翌朝、思いも寄らぬことが起こった。三井の部屋で死体が見つかったのだ。それも殺されたのは、あろうことか江崎だった。延長コードによる絞殺で、死亡推定時刻は昨夜の七時だった。発見されたときにはすでに三井は部屋にいなかった。

鑑識課の米沢守《よねざわまもる》、それに捜査一課の伊丹憲一《いたみけんいち》と芹沢慶二《せりざわけいじ》が現場を調べているところへ、同じく捜査一課の三浦信輔《みうらしんすけ》が意味深な顔つきで部屋に入ってきた。

「おい。面白いもん発見したぞ」

それはエントランスのエレベーターホールに設《しつら》えられた防犯カメラの映像だった。

「杉下右京……」

伊丹が唸り声を上げた。

「昨夜の七時過ぎですな」

米沢が画面に出ているデジタル時計の数字を読んだ。

「一緒にいるの、誰ですかね？」

芹沢が誰にともなく訊ねる。

「知るかよ」と伊丹。

「警部殿の行くところ犯罪ありか」

三浦が呟くと、伊丹が米沢を睨みつけて言った。

「杉下警部殿に連絡取ってみろよ」

「何ゆえ私が？」

不満げに聞き返した米沢に、伊丹が重ねた。

「マブダチだろ？」

「え？」

米沢が特命係の小部屋に電話をしたところ、出たのは角田だった。

――はい、特命係。ああ……いや、今日はまだ来てないね。携帯にかけてみたらどうだ？

「いや、携帯が繋《つな》がらないもんですからそちらに」

——そうか。まあ現れたら連絡するように言っとくよ。

そう言って電話を切ったあと、角田は「仲いいね」と呟いた。

携帯が繋がらないはずだった。右京はそのとき、空の上にいたのだった。

「ところで、なんと言って休みを取ったんですか？」

右京がひとつ空けた隣の席を向いて訊ねた。そこには享が座っていた。

「下痢です」

「はい？」

「下痢ですよ、下痢。『すいません、下痢が止まらないんです。ピーピーで死にそうなんです』って電話口で泣きそうな声出して。馬鹿じゃねえの、俺。もうちょっとマシな理由考えろよって感じだよな」

自分に突っ込んだ享に、右京が言った。

「悲観することはありません。むしろ切羽詰まった感じがしていいと思いますよ」

「馬鹿にしてます？」

享は眉をひそめた。

「いいえ。どちらかといえば慰めてるつもりですが」

「慰めてるのか……」呆れた享は、「友達いないでしょ？」と右京に突っ込んだ。「まあいいや。今さらグダグダ言っても始まらないし……でも、昨日は正直驚きましたよ。一緒に香港に行かないかって誘われた時は」

「現場へ行かないことには埒が明きませんからねえ。行くならばきみが一緒の方が都合がいい。夜遅くに連絡してすみませんでしたね」

「まあ俺もこのままじゃほっとけないし。あーあ、最悪。なんで刑事生活のスタートがこんなふうになっちゃったんだ？」

享は大きくため息を吐き、独り言のように呟いた。

防犯カメラの映像を警視庁に持ち帰った捜査一課の三人は、鑑識課の部屋で米沢に詳細な分析をしてもらうことにした。

「確かに三〇六号室を押してるな」

三浦が右京の手元を拡大した画像を見て言った。

「杉下警部と謎の若者が昨日、犯行現場の部屋を訪ねたのは間違いないですね」と芹沢。

「しかし、結局、部屋には入れてもらえずに、インターフォン越しの遣り取りだけで帰ったみたいですね」

米沢が最後まで映像を見届けて言うと、伊丹が苛立《いらだ》たしげな声を上げ机を叩いた。

「なんで俺たちのヤマには、いつもいつも杉下右京が関わってくるんだよ。クソッ！」

「まあ落ち着けよ」

取りなした三浦の脇から、芹沢が伊丹の地雷を踏んだ。

「そうですよ。杉下警部のおかげで解決したヤマも多いんだし」

「え？」

「あっ、すいません」

芹沢が首をすくめる。

「もういっぺん言ってごらん、芹沢」

伊丹が睨みつける。

「いや、なんでもありません」

「杉下警部のおかげで、なんだって？　解決したヤマも多い？」

「多いというより、ほとんどだわな」

三浦が冷静に指摘すると、伊丹が頭を抱えた。

「それを言っちゃダメだ。心が折れる」

「へへへ……」

パソコンを操作しながら聞いていた米沢がおかしな笑い声を漏らした。

「面白えか？」

「え？　いいえ」

米沢は危うく伊丹の怒りのはけ口にされるところだった。

鑑識課を出た捜査一課の三人は、解剖の様子をガラス越しに窺《うかが》っていた。そのとき、伊丹の携帯が着信音を鳴らした。それは三井の足取りが摑めたという報せだった。どうやら朝の便で香港に飛んだらしかった。

八

「ただいま戻りました」

総領事公邸に着いた三井は、玄関先で小日向に挨拶《あいさつ》した。

「納骨は無事済んだかい？」

「はい、おかげさまで」

「ああ、それはよかった。江崎の姿が見えんようだが？」

「何か用事があるとかで……遅れて戻ると思います」

「江崎は少しは役に立ったかい？」

「いろいろとよくして頂きました。この度の総領事のご配慮に感謝致します」平然と礼を述べた三井が奥の間の方に目をやった。「それより、皆さんはもうお揃いですか？」

「ああ、揃ってるが……なんだね？　折り入って相談というのは」

「それは皆さんの前で」

三井は即答を避けた。

香港国際空港に着いたところで、右京は携帯電話を見た。米沢から度々着信があったようだった。

「あ、ちょっと失礼」

右京が米沢にかけ直すと、すぐに出た。

――お待ちしてました。

「どうも。何度もお電話を頂いたようですが」

――今、どちらです？

「少々遠方におりますが、何か？」

――杉下警部は昨夜、世田谷区の深沢《ふかざわ》マンションを訪れましたね。とぼけてもダメです。もうすでに証拠は挙がっています。お目当ては、三〇六号室。在香港日本国総領事館勤務の副領事三井直政の自宅ですが、実はそこで殺人事件がありまして。

「殺人？」

――ええ。殺害されたのは三井直政の上司の江崎秀明です。当初、三井直政の行方がわからずにその足取りを追っていましたが、つい先ほど判明しました。どうやら三井は現在、香港にいるらしくて……。

右京の目が大きく見開かれた。

九

総領事公邸へ向かう的士《タクシー》のなかで、右京が米沢から得た情報を享に伝えた。第一発見者は絵里花の妹だった。姉の納骨に出られなかったので、今朝、三井直政の部屋を訪ねたところ、江崎秀明領事の遺体を発見したとのことである。現場の状況、凶器の指紋等々、総合的に判断して犯人は三井と見てほぼ間違いないようだった。

同じ頃、深沢警察署に設けられた捜査本部では、参事官の中園照生《なかぞのてるお》が香港の総領事に電話をかけていた。

「もしもし。こちらは警視庁です。わたくし、刑事部参事官の中園と申します。実はご協力をお願い致したくお電話差し上げました。そちらの総領事館に勤務する三井直政がもし姿を現しましたら、ぜひご一報を頂きたく……」

話の腰を小日向が折った。

――現れとるよ。

「は？」

――もう現れとるよ！

度肝を抜かれた中園が繰り返した。

「現れてる？　総領事のお屋敷にでしょうか？」

――われわれは拘束《こうそく》されてる！

小日向の言葉はさらに中園を驚かせた。

「拘束されてる？」

――公邸は三井に占拠された。早くなんとかしろ！

小日向は中園に怒声を浴びせたまま電話を切ってしまった。

受話器を握りしめたまま茫然とした中園は、パニック状態に陥ってしまった。そこへ捜査一課の三人が現れた。

「参事官！　参事官！」

伊丹が慌てた様子で中園に声をかけた。

「あとにしろ！　今、それどころじゃないんだ！」

「杉下右京が今、香港にいるそうです」

「ああ、そうか」とスルーしそうになった中園が、ワンテンポ遅れて気がついた。

「え？　本当か、それ？」

「米沢さんからの情報です」

　芹沢に三浦が続けた。

「現在、総領事公邸に向かってるそうです」

　一方、その右京はタクシーのなかで米沢から携帯で報告を受けていた。

「そうですか。すでに公邸が占拠されましたか。わかりました。ああ、ひとつお願いが」

　――はい、なんでしょうか？

「公邸の見取り図を入手出来ませんか？　もし入手出来たら、こちらへ転送して頂きたいのですが」

　――承知しました。手配してみます。

「よろしくどうぞ」

　その電話を隣で聞いていた享が、右京に訊ねる。

「三井さんが公邸を占拠したんですか？」

「総領事たちが拘束されているようです」

　享は不安顔で右京に訊いた。

「まさか、ぼくら突入するんじゃありませんよね。今、見取り図請求したでしょ」

「ぼくはSATじゃありませんからね。そんな勇ましい真似は出来ませんが……」

それを聞いて享が呟いた。

「応援待たなきゃ」

「はい？」

「こういう時は応援を待って、万全の態勢を整えてから事態に対処する」

「学校で、そう習いましたか？」

享は自分に言い聞かせるように答えた。

「うん！　基本中の基本です。スタンドプレーは厳に慎むべし」

「ええ、そのとおり。ですが、応援が来るとは思えませんがねえ」

「えっ？」

享にとっては判断不能の世界だった。


警視庁の大会議室では、幹部が集まってこの異例の事態について意見を戦わせていた。

「せめて、我が特殊班を派遣出来ればいいんだが……」

刑事部長の内村完爾《うちむらかんじ》が言い出すと、警視総監の田丸寿三郎《たまるじゆさぶろう》が渋い声で答えた。

「そう簡単にはいかんよ」

続いて警視庁警備部長の井出実篤《いでさねあつ》が補足する。

「特殊班にせよ我がSATにせよ、派遣しようと思えば中国当局との交渉が必要だ。それには時間がかかる」

総務部長の田中靖《たなかやすし》が新しい提案をした。

「いっそ中国当局の力を借りては？」

「力を借りるとは？」

井出が聞き返すと、内村が仏頂面で異を唱えた。

「この件に香港警察を介入させろというんですか？」

「何しろ場所が香港ですから」

田中が答えると、内村が重ねて反論した。

「香港といえども、公邸内は我が主権の及ぶ場所。つまり、日本ですよ」

「そんなことは承知していますよ」

田中がわずかに色をなした。

「不可侵権を放棄するようなことには賛同出来ませんな」

内村が言い切ると、井出がそれに同意した。そのとき、後ろの席で様子を窺っていた甲斐峯秋が独り言のように呟いた。

「日本でもあり、日本ではなし。在外公館というのはなんとも厄介な場所だ……」そして皆の視線が集まっているのに気づいて謝った。「失礼。どうぞ議論を続けてください」

総領事公邸では三井が暴発を起こした当の銃を手に、集めた全員を威嚇《いかく》していた。

「この人でなし!」

夫の江崎を殺したことを告げられた絹子が叫んだ。

「恨むなら総領事を恨むんだな。俺を監視するためにわざわざ寄越した総領事が悪い!」

三井が小日向に銃口を向ける。

「江崎を追って帰国させたのは、おまえの手助けをさせるためだ!」

小日向の唇は興奮のため震えていた。

「まあ、どっちでもいいさ。もう、江崎さんはあの世だから」

そのとき、根津が斜に構えて言った。

「復讐のために舞い戻ったのか。ご苦労なこった」

三井は怒りをぶちまけた。

「本当はあの夜、皆殺しにしてやりたかったよ! でもそれをしたら妻の弔《とむら》いが出来なくなる。必死で我慢したんだ。そしたらこの馬鹿が、俺の神経を逆撫でするように江崎さんを監視につけて寄越した。そんな余計な真似をしなけりゃ、江崎さんは少なくとも今日までは生きながらえてたはずだ! わかったろ、奥さん。恨むなら絶対君主気取りでここを仕切ってる、こいつなんだよ！」

そのとき再び電話が鳴ったが、三井がコードを抜いてしまった。

右京の携帯電話がまた着信音を立てた。しかし今度は米沢からではなかった。

「もしもし」

――勝手な真似はするな。

「その声は参事官でしょうか」

――おお、覚えていてくれたか。それは光栄だな。いいか、おまえがしゃしゃり出てくる場面じゃないぞ。今、特殊班がこちらから交渉しているところだ。

「相手は交渉に応じているのですか？」

右京が訊ねたとき、中園の後方から声が聞こえた。

――ダメです！　いくらかけても出ません。

中園が怒鳴る。

――いいから続けろ！

そして再び右京に向かって言った。

――とにかく、勝手な真似は絶対に許さん。すぐに戻ってこい。わかったな！

そこで隣にいた米沢が、「ちょっと拝借」と断って中園の手から受話器を奪った。

――もしもし、米沢です。ご所望の見取り図ですが、何やら外務省で機密扱いになってるらしくて、外に持ち出すにはいろいろとややこしい手続きが必要でして、早い話が入手出来ません。

中園が米沢から受話器を取り戻す。

――手に入ったって絶対におまえには渡さん！

再び、米沢が受話器を掴む。

――お役に立てなくて、すいません。

――謝らなくていいよ！

中園が受話器を引っぱると、今度は伊丹が受話器の争奪戦に加わった。

――伊丹です。警部殿のことだから止めても引き下がらないでしょうから、あえてひと言お伝えします。万が一の場合、われわれが骨くらい拾いますので、ご安心を。

三浦が受話器に叫ぶ。

――ご武運をお祈りします！

芹沢が続く。

――頑張ってください！

――おまえら面白がって無責任なことを言うな！

業を煮やした中園が受話器を掴み、ガチャンと電話機に置いた。

十

総領事公邸の門の前でタクシーを降りた右京と享は、鍵のかかっていない脇の小門をくぐり、構内に入った。警備員が控えるボックスがあったのでなかを見たら、ふたりが手足を縛られ、猿ぐつわをかまされて倒れていた。そのとき、屋内から銃声が一発聞こえた。右京はすかさず屋敷に向かって走り出した。するとそこで二発目の銃声がした。

正面玄関にたどり着いたが、そこには鍵がかかっていた。

「助けないんですか？　警備員」

享が訊ねる。

「救出はのちほど」

そう言い捨てて、右京は裏口に回った。

「これなら、ぼくにもなんとか出来そうです」

裏についている鉄の扉の鍵を見て、右京が言った。

「なんとかって？」

訊ねる享の前で、右京は自分のキーホルダーから細めの鍵を選ぶと、鍵穴に差し込み、耳を当てて回してみた。するとわずか後に解錠音がした。

「お見事」

「どうも」

ふたりは屋内に入った。

侵入した入り口の近くには使用人部屋があり、ふたりのメイドと料理人が縛られ、やはり猿ぐつわをかまされていた。メイドたちは右京と享を見て悲鳴を上げた。

「ウィア　ポリス。イッツ　オーライ」

右京が英語でメイドを安心させる。享が猿ぐつわを外すと、料理人が「甲斐さん！」と叫んだ。三井に拳銃を突きつけられて縛られたという。どの部屋に総領事たちを拘束しているのか、と右京が訊ねると、部屋はごまんとありますから……との答えだった。

「安全が確保出来るまで、ここでおとなしくしていてください」

右京はそう言い置いて、享を従えてさらに奥に入って行った。

廊下が直角に曲がるところに来て、壁に身を忍ばせた右京が傍《かたわ》らの享を見ると、いつの間に拾ったのか、鉄のバールを二本、両手に握りしめている。

「それ、なんですか？」

右京が訊ねる。

「相手は拳銃を持ってるんですよ。丸腰で立ち向かうなんて馬鹿でしょ」

享が一本を右京に渡そうとすると、右京は断った。

「いえ、ぼくは結構。拳銃は飛び道具ですからね。バールを持っていても素手とあまり変わらないと思いますよ」

享はちょっと考えてから、バールを投げ捨てて右京の後に続いた。

ふたりは警戒しながら、素早い身のこなしで展示室に入った。

「ここが拳銃暴発の現場です」

享が息を切らせて言う。右京は部屋全体を見渡し、それから銃のコレクションがきれいに展示されている壁を眺めた。そしてその前に置かれた大きな陶器の壺の裏を覗いたりしていた。

「何やってるんですか⁉　行きますよ、早く！」

享が苛立たしげに右京を急《せ》かす。

階段をひとつ上った階に出ると、ドアを開けて出てきた詠美がふたりを見て悲鳴を上げ、倒れた。

十一

「俺です。甲斐享です」

怯《おび》える詠美をなだめて、享は右京に詠美を紹介した。

「やだ……甲斐さんの坊ちゃん」

詠美が驚いているところへ、部屋から根津が出てきた。

「どうしました⁉」

根津と享が顔を見合わせて絶句した。

右京と享は部屋の光景を見て息を吞んだ。そこには小日向と三井の遺体が向き合った位置に転がっていた。三井の手には拳銃が握られている。右京は白い手袋をはめながら自己紹介をした。

「警視庁特命係の杉下と申します。どういう状況でこうなったのか、ご説明願えますか」

「三井が主人を撃ったの」

まずは詠美が答えた。右京は三井の遺体の傍らにしゃがんだ。

「なるほど。この拳銃ですね？　この状態を見る限りそれは容易に想像出来ますが、さて、こちらの三井直政氏は誰に撃たれたのでしょうか？」

「私ですよ。奴が制止を振り切って発砲したから、やむなくね」

根津が背広の上着をめくって、ウエストに差し込んだ拳銃を見せた。右京がそれを見て言った。

「あなたも拳銃をお持ちでしたか。しかし警備対策官といえども、銃器の携行は認められていないはずですがねえ」

「護身用ですよ」

「お預かりしましょう」

右京が手を差し出した。

「はい？」

「重要な証拠品です」

しぶしぶと拳銃を渡す根津を、享はじっと睨んだ。

「なんだよ？　その目は」

「別に」

火花を散らすふたりを他所《よそ》に、右京が続ける。

「つまり、こういうことですね？　皆さんを拘束した三井直政が小日向総領事に向かって発砲した。そこで、根津さんが所持していた拳銃で三井を撃った。間違いありませんか？」

右京が絹子を見ると、絹子は怯えた目で頷いた。すると右京は、柴山、詠美の順に間違いはないか、と確認した。ふたりともが首肯すると、また続けた。

「そうですか。ではそもそも、なぜ三井直政は皆さんを拘束するような真似をしたのでしょうか。彼はその理由を何か言ってませんでしたか？　理由もなしにこんな真似をするとは思えませんからねえ。どなたかその辺り、明快にお答え頂けませんか」

真っ先に詠美が答えた。

「主人を恨んでいたみたい」

右京が聞き返す。

「小日向総領事は何か、三井に恨まれるようなことをしたのでしょうか？」

詠美は俯《うつむ》きながら言った。

「特別、何かってわけじゃないわ。小さな恨みが積もり積もって爆発したって感じかしら。ねえ、そうじゃなくって？」

詠美が周囲に同意を求めると、根津が呼応した。

「ええ。奥様の前であれですが、総領事はそのお立場上、横暴とも思える振る舞いをなさることがありました。特に、部下には厳しく接する方で、時に罵声《ばせい》を浴びせることもありました。そんなことを恨みに思って、三井は馬鹿な真似をしたんでしょう」

根津の言葉に、柴山も絹子も同意した。そこで右京は急に享に振った。

「きみ、どう思いますか？　今の説明で納得出来ますか？」

「そいつの意見は関係ないでしょう」

抗議する根津を他所に、享が答えた。

「総領事への恨みが理由なら、みんなを拘束する必要はありません」

右京の顔が輝いた。

「そのとおり！　つまり？」

「ええ。みんなで結託して拳銃暴発事故を隠蔽したから、三井さんはこんな真似をしたんだと思います」

「何言ってんだ⁉ カイト！」

焦りを露わにする根津に抗うように、享が声高く言う。

「奥さんを撃ち殺された三井さんがいくら因果を含められたからって、そんなの納得出来るわけないじゃないですか！ 俺だって、そんな立場になったら復讐したくなりますよ」

「つまり、三井直政は復讐のためにここへ舞い戻った。それがきみの見解ですね？」

享が頷いた。

「くだらんことを。拳銃暴発事故？」

吐き捨てるように言う根津に、享が嚙みついた。

「この期に及んで、まだしらばっくれる気ですか⁉」

「暴発事故などなかったとおっしゃる？」

右京も重ねる。

「あるわけないでしょ、そんなこと」

「根津さん！」

「寝ぼけてんのか？ おまえ」

より険悪になる享と根津の間に、右京が割って入った。

「さて、弱りましたねえ。ここはひとつ、当事者である三井直政に確かめたいところですが、もはや彼は口が利けませんからねえ」そこで右京は倒れている三井の手から慎重に拳銃を取り上げた。「これは……年代物の銃ですね。この拳銃に見覚えは？」

「ありますよ」と根津。

「どなたの銃でしょう」

「主人のだわ」

詠美が答えた。

「総領事のコレクションですね？」

「ええ」

「カイト君。きみの主張する暴発事故を起こした拳銃というのは、つまり、これですね？」

「だと思います」

「間違いありませんか？」

「他のと違って撃鉄がないから、確かそうだったと」

右京は享にちらと視線を投げた。

「観察力はなかなかのようですねえ。南部十四年式。日本陸軍の拳銃ですねえ。弾はカスタムメードでしょうねえ」

一興として右京に銃口を向けられた根津が、声を上げた。

「おい！　あまりいじくらない方がいいですよ。危険な銃だから」

「あっ、失礼。安全装置はかけましたよ」

「かかってても、その銃は危険です。カイトが言ったとおり、撃鉄がないでしょ。ストライカー式という特殊な構造なんです」

「つまり、暴発を起こしやすい？」

右京の誘導尋問に危うく乗りそうになった根津が、さらっとかわした。

「幸いまだ起こしたことありませんけどね」

右京が銃をしげしげと見て言った。

「それにしても、古い拳銃なのに随分きれいですねえ。よく手入れされてます。ご主人の小日向総領事は、この拳銃をとても大事になさっていたのではありませんか？」

「そうね」詠美が答えた。

「しょっちゅう磨いたりなどなさっていた？」

「ええ、しょっちゅう」

「そうですか」右京が人さし指を立てた。「もう一度だけ確認させてください。拳銃暴発事故などなかった？」

「ありませんね」

「そうおっしゃってますが？」

即座に答えた根津を、享が睨んだ。

「往生際悪いよ、根津さん」

「ああ？」

根津は享を威嚇するような目で見返した。

十二

右京は次に、全員を展示室に連れていった。そして、拳銃のコレクションが展示されている壁の前に立った。

「ご覧のように、たくさんの拳銃が並んでいますねえ。おそらく南部十四年式がここにあったのでしょう」右京はひとつだけコレクションに穴が空いている箇所を指した。「見事に整然と配置されています。が、ひとつ気になることがありましてね。この壺です」

次に右京が指したのは、銃のコレクションの壁のすぐ下の棚に置かれた陶器の壺だった。同じ大きさ、同じ絵柄の壺が、その下の床上の台に置かれていた。

「本来であればこの壺は、こちら側の左の壺と対をなすように、こちらの台に置かれるべきじゃありませんかねえ。どうもぼくはそういうことがひどく気になってしまう性質でして……」

そう言いながら、右京は棚にある壺を持ち上げて、床上の台に置いてみた。

「いかがですか？　ほら、やっぱりこれの方がずっといい！」

右京は自画自賛した。

「そこで、またひとつ気になることがありましてね。壺に隠れて見えなかったのですが、穴が開いてるんですよ。ほら、ここ」

右京はどかした壺の後ろの壁を指した。

「これはまぎれもなく弾痕です。覗いてみると、まだ弾が残ったままです。ひょっとすると、亡くなった三井夫人の体を貫通したものではありませんかね。弾を取り出して鑑識に回せば、どの拳銃から発射されたものか、誰の体を貫通したものかは、すぐに明白になると思いますよ」

その言葉を聞いた詠美が、血の気を失って倒れた。

「奥様！　大丈夫ですか？」

根津が駆け寄る。

「ドクターストップを要請します。いいですね？」

柴山が厳しい口調で宣言した。

「わたくし、認めるわ、暴発事故のこと」

別室で介抱されながら、詠美が言った。

「何をおっしゃってるんですか！　過失致死罪、場合によっては重過失致死罪に問われますよ」

根津が血相を変えてたしなめる。

「それは覚悟の上よ。自分のしたことだもの」

「弱気にならないでください、奥様。その件はもうカタがついてるんです」

根津が重ねて説得するが、詠美は首を横に振った。

「でも、認めなければ甲斐さんの坊ちゃんとお連れの方が、ずっと付きまとってきそう」

「馬鹿な。そんなことさせるもんですか」

「ううん、根津。本当はわたくし、認めたいの。認めればそれで全て終わるじゃない。今日の件も含めて、全て……」

詠美の言葉には、さまざまな意味が込められているように思えた。

展示室に残った右京と享は、お互い無言のうちに時を過ごしていた。右京は南部十四年式銃を元の位置に戻してその光景に見入ったり、根津から取り上げた銃を構え、そして棚に置いてみたりしていた。やがてにわかに享を振り向いて言った。

「『カイト』というのは、凧《たこ》という意味のカイトですか？」

「はい？」

「凧揚《あ》げの凧」

いきなりのことに面食らった享が答えた。

「いや違います。〝カイトオル〟を縮めて『カイト』です」

「やっぱり、そうですか」

右京はそう言うなり、再び壁に向かった。

「それが何か？」

享が怪訝《けげん》な顔で聞き返す。

「いえ、単なる確認です」

「別に今そんなこと……」

「はい？」

「別に、そんなこと確認する必要ないでしょ」

右京は半身振り返り訊いた。

「何か不都合でも？」

「不都合はありませんけど」

「ならば黙っててもらえますか。ちょっと考えごとをしています」

「えええええ！　えー」

享は今までに見たことも会ったこともないタイプの人間を前に、呆れるを通り越してどういう反応をしたらいいか窮《きゅう》していた。


展示室で、まるでロダンの『考える人』のごとく、ポーズをとってひと言も喋らない右京を、享は不思議そうな顔で見ていた。するとそこにハイヒールの音がして、詠美を先頭に皆が現れた。詠美が口火を切った。

「確かに暴発事故はありました。事故を起こしたのはわたくしです。いたずら心で主人のコレクションを触ったばっかりに、絵里花さんを殺《あや》めてしまった……。甲斐さんの坊ちゃん、あなたの言うとおりよ。三井は暴発事故を隠したわたくしたちを恨んで、復讐のためにあんな真似をしたの。ごめんなさいね、白を切って。あなたにはご迷惑をかけてしまったわね」

神妙に詠美の言葉を聞いていた享に、根津が言いがかりをつけた。

「得意げな面すんじゃねえよ、カイト」

「はあ？」

「ひよっこ刑事が一丁前な面しやがって。どうせパパの七光りでデカになれたんだろうが！」

怒りの琴線に触れられた享は、ついに正気を失った。

「てめえ！　ふざけたことぬかすんじゃねえぞ！　この野郎！」

そう言うなり飛びかかって、根津の眉間《みけん》に頭突きを食らわせた。咄嗟《とっさ》に右京が羽交い締めにしたが、享の怒りは収まらない。

「カイト君、落ち着きなさい！　カイト君！」

力ずくで根津から引き離した右京に、享は毒づいた。

「カイト、カイトって気安く呼ぶな！」

右京になおも押さえつけられて、

「わかったよ！　もうしないから！　離せよ！」

そう叫ぶ享の肩を右京は摑み、まるで闘犬をなだめるようにブルブルと頬を揺すって睨みつけた。しかし、一旦諦《あきら》めたかのように見せかけた享は、再び根津に飛びかかった。

「この野郎！」

今度は右京も容赦しなかった。享の片腕を取り、床に転がして押さえつけた。

「うわっ！　わかった！　もうしないから！」

悲鳴を上げる享に、

「いえ、きみは信用出来ませんね！」と怒鳴るなり、なおも押さえつけ、「来なさい！」と腕を引っぱって廊下に放り投げた。関節を嫌というほど痛めつけられた享は、勢いを失って立ちすくんだ。

「廊下で少し頭を冷やすといいでしょう」

右京が叱責し、扉を閉めようとすると、

「あんたは先生かよ！」

と享が扉に向かって片足を上げた。するとパッと扉が開き、

「よもやしないとは思いますが、腹立ちまぎれに扉を蹴飛ばすような子供じみた真似は、やめてくださいね」

と享の行動を見透《みす》かしたように右京が言った。

「しませんよ、そんなこと」

享が不貞腐《ふてくさ》れて言うと、

「結構」

右京はそう言って扉を閉めた。

十三

「お騒がせしました。大丈夫ですか？」

亨を締め出したところで、右京が根津を案じた。

「大丈夫じゃない。鼻が折れたかもしれない」

ハンカチで顔を押さえる根津に、

「それはお気の毒に」と冷たく言い放った右京は、「さて、続けましょうか」と皆を見回した。

「続ける？　これ以上、何を続けるっていうんですか」

柴山が異議を唱えると、絹子も同調した。

「奥様はもうお認めになったじゃありませんか」

右京はそれを無視して、

「お加減いかがですか？　座りましょうか」

と詠美に椅子をすすめ、そして続けた。

「拳銃暴発事故については、今、夫人のおっしゃったとおりでしょう。しかしぼくは、単なる暴発事故とは思っていないものですからねえ。実は、拳銃暴発事故に見せかけた殺人だったのではないかと」

「殺人？」

根津が声を上げた。

「ええ」

「殺人とはまた。何を言い出すかと思えば。奥様が故意に三井の女房を殺したっていうのか？」

根津の言葉を受けて、右京が自説を披露した。

「何やら誤解があるので正確に申しましょう。拳銃暴発による三井絵里花さんの死亡。これはまぎれもなく事故だったと思います。だってそうじゃありませんか。もし仮に、総領事夫人が拳銃暴発事故に見せかけて絵里花さんを殺すならば、わざわざ屋敷に部外者のいる夜を選んだりするはずがありませんからねえ。その時カイト君が屋敷にいたことで、内輪ならば守られるであろう秘密が外部に漏れてしまう可能性があります。そんな殺人を犯すには適さない夜を、わざわざ選ぶ馬鹿はいませんよ。つまりぼくの言う殺人とは、総領事夫人の引き起こした拳銃暴発事故の裏に、実は事故に見せかけた殺人計画が潜んでいたのではないかと。そして根津さん。その計画は、あなたによるものではないのかと」

その言葉を、根津は鼻で笑った。

「寝言なら、寝てから言ってくれ」

右京は構わず拳銃のコレクションが飾ってある壁に歩み寄り、件《くだん》の拳銃を手にしてまず弾倉を抜き、薬室に送られた弾を取り除いた。

「あなたは、ご主人である小日向総領事がしょっちゅうこの拳銃を磨いていたとおっしゃっていました。そして根津さん、あなた、おっしゃいましたね。これは危険な拳銃だと。そのとおり！」

　右京は皆の前で拳銃が弾を発射するメカニズムを実演で説明してみせた。

「まず、この弾倉を拳銃に装着し、遊底《ゆうてい》を引いて手を離せば、一発目の弾が弾倉から薬室に送り込まれ、これで発射準備完了です。しかし、ここまでは他の自動拳銃と同じですが、この拳銃にはご覧のように撃鉄がありません」

　そこで右京は別の銃を手にとり、やはり弾倉を抜いて薬室から弾を取り除いた。そして説明を続けた。

「このように撃鉄のある拳銃ならば、こうして発射準備完了後、撃鉄を強く押さえ、引き金を引いて、ゆっくりと撃鉄を戻せば、これで安全に持ち歩ける状態になります。おっしゃるとおり、こちらはストライカー式という構造の撃鉄を持たない拳銃ですから、こちらと同様のことは出来ません。つまり、この状態では、いつでも弾が発射されるわけです。持ち歩くのさえ躊躇《ちゅうちょ》してしまいます。仮に安全装置をかけたとしても、ささいなショックで暴発してしまう危険な銃です。おわかりでしょうか？　こんな危険な状態のまま銃を磨く馬鹿はいませんねえ。もちろん、小日向総領事がそんな馬鹿な真似をしたとは思えません。実弾をこめた弾倉を拳銃に装着しても弾が薬室に送り込まれた状態、つまり発射準備完了状態にしておくはずがないんですよ。だってそんなことをしたら、次に磨く時に暴発してしまうかもしれませんからねえ。ところが、九月七日夜、その暴発するはずのない拳銃が暴発してしまった。なぜか？　何者かが発射準備完了状態にしておいたからですよ」

「ああ、それが俺だっていうのか」

斜に構えた声で根津が言った。右京が続ける。

「標的は小日向総領事。総領事が拳銃を磨く時に、暴発するように仕組んだはずでした。ところが、仕掛けた罠の餌食《えじき》となったのは、なんの関係もない三井夫人。そして総領事夫人が加害者となってしまった」

「馬鹿馬鹿しくて聞いてられないな。そもそも拳銃の暴発を仕組んだのが俺だって、どうして決めつけるんだ。他に仕組める奴だっているだろうが！」

次第に熱くなる根津に、右京は穏やかに言った。

「ぼくは、あなただと思いますよ」

「だから、なぜだって訊いてるんだ！」

「だってあなた、結局、小日向総領事を殺したじゃありませんか。総領事夫人の引き起こした拳銃暴発事故によって、何者かが拳銃に細工をしたことには小日向総領事もお気づきになったと思いますよ。そして自らの命が狙われていたことにも。そこであなたは、三井が復讐のためにやってきたことを幸いに、小日向総領事を撃ち殺したんですよ。その罪を三井に着せる形で」

「総領事を撃ち殺したのは三井だ。そう言ったでしょう？」

声を荒らげて言う根津の言葉の真偽を、右京は皆に順々に確かめた。絹子、そして柴山が首肯した後、右京が詠美を向いた。

「総領事夫人、間違いありませんか？」

詠美はそれに答える代わりに、憤りを込めて言った。

「あなた、イライラするわ」

「はい？」

「いたぶるように質問を重ねるところが」

「お気に障ったのならば、おわび致します」

右京は詠美に頭を下げてから根津に言った。

「確かに、あなたは先ほどこうおっしゃいました。制止を振り切って発砲したから、やむなく三井を撃った、と」

「ああ」

「しかしそれ、逆じゃありませんかねえ？　先に発砲したのは根津さん、あなたの方ですよ」

「何を根拠に」

根津が吐き捨てるように言うと、右京が決定的な事実を突きつけた。

「銃声です」

「え？」

「あの時、ぼくはこの耳で二発の銃声を聞きました。しかし、皆さんの証言とは矛盾するんですよ。皆さんの証言どおりならば、一発目が南部十四年式拳銃でなければなりません。そして二発目がコルト。しかし実際に聞こえた銃声は、一発目がコルト。二発目が南部十四年式でした」

そこで右京は根津を見やった。

「釈迦《しゃか》に説法《せっぽう》でしょうが、銃声は拳銃の種類によって異なります。つまり、最初に撃たれたのが三井。そのあとに小日向総領事が撃たれたことは間違いないはずです」

「まだ息があったんだ」

それまで黙って右京の説を聞いていた柴山が口を開いた。

「はい？」

「たとえ先に三井が撃たれたとしても、まだ三井に息があれば総領事を撃てるだろう。それなら、あなたの言う銃声の順番とも矛盾しない」

右京は頷いた。

「ええ、そのとおり。ならば、なぜ皆さん、そのように証言なさらないのでしょう？

文字どおり口裏を合わせて嘘の証言をする必要ないじゃありませんか。嘘の証言をする以上、その裏には不都合な真実が隠されているはずです。ぼくは今、その真実を追及しているんですよ」

そこに至って、根津が往生際の悪い言いがかりをつけた。

「銃声の順番なんて、あんたの聞き間違いだよ」

「いいえ、間違いないと思いますよ」

「あんたが、いくらそう言い張ったところで……」

根津が右京に詰め寄ったところで、ドアが開く音がした。

「入ってもいいっすか？」

享だった。

「頭は冷えましたか？」

右京が厳しい口調で訊ねる。

「はい」答えた享は根津を睨みながら言った。「俺は、杉下さんみたいに銃声から拳銃の種類を特定したりは出来ないけど、順番ならわかります。一発目の銃声はGシャープ。二発目は、Fシャープでした」

右京が目を丸くした。

「ひょっとして、きみには絶対音感が？」

享は照れ臭そうに言った。

「子供の頃、無理やりピアノやらされてたんで、身についちゃったんです。試しにもう一度銃声を聞かせてもらえれば、二発の銃声については順番は断言出来ます」

「さすが坊ちゃん育ちだな」

「はい」

根津の嫌みを、享は笑ってやり過ごした。改めて右京が問う。

「銃声の順番と矛盾する証言を、あえて皆さんでなさったその理由、お聞かせ願えませんか？」

十四

「真実か……」

根津が呟いた。

「はい？」

問い返した右京に、根津が言った。

「わかった、真実を話そう。ただ、それにはひとつ条件がある」

「条件とは？」

「暴発事故に関しては目をつぶってほしい。先ほど奥様は認めたが、今からでも撤回出来る。奥様、撤回してください。あんたの証拠とやらも中途半端だ。確かに弾を調べれば、どの拳銃から発射されたか、誰の体を貫通したものかわかるだろう。だが、誰が撃ったかまではわからない」

　亨が異を唱える。

「誰が撃ったかは、この俺が、この目で見てますよ」

「それはおまえがそう言ってるだけだ。俺たちがこう言ったらどうする？　暴発事故は総領事が起こしたんだと」

「本気でそんなこと言ってるんですか？」

　亨が情けない目で根津を見やる。右京がそれを受けて呆れ顔で言った。

「ええ、本気でおっしゃってますねえ。ほとんど支離滅裂《しりめつれつ》ですが、本気でそうおっしゃってます。根津さん、あなた、カイト君に膝を折ってまで暴発事故の口止めをなさったそうですね。後輩に土下座までして頼むのはよくよくのことですが、あなたは何がなんでも総領事夫人をかばいたいのですねえ。あなたの本気はよくわかりましたが、もちろん、あなたの言う条件は呑めませんよ」

「じゃあ真実も闇のなかだな。銃声の順番だけじゃ、真実にはたどり着けませんよ」

　勝ち誇った顔で言う根津を攻めるため、右京は別の手段に打って出た。

「ぼくは少し誤解をしていたようです」そこで右京は詠美の傍らに立った。「暴発事故の隠蔽は、総領事の立場をおもんぱかってか、あるいは絶対に逆らうことの出来ないその権力に屈してか、いずれにしても、総領事のためになされたものだと思っていましたが、どうやら違っていたようですねえ。皆さんが隠蔽に加担したのは、あなたを守るためだったんですね。そう考えると、ぼくには何やら違った景色が見えてきました。先ほどぼくは、小日向総領事を撃ち殺したのは根津さんではないかと申し上げましたが、撤回しましょう。小日向総領事を撃ち殺したのは……詠美さん、あなたではありませんか？　だからこそ、またぞろ皆さんで嘘の証言を行い、事実を隠蔽しているんですよ。暴発事故同様、総領事夫人をかばうために」

それを聞いて、根津が右京を馬鹿にしたような声を上げた。

「言うにこと欠いて何言い出すんだ、あんた！」

「おっしゃるとおり、銃声の順番だけでは誰が小日向総領事を撃ったかまでは特定出来ません。しかし、このなかにいることは間違いない。ぼくはこれまでの遣り取りを踏まえて、それが総領事夫人だと結論づけたんです」

「違う」

根津が言い張った。

「違うかどうかは、帰国して決着をつけましょう。総領事夫人を拘束して搾《しぼ》り上げます」

「違うって言ってんだろ！」

「こう見えて、ぼくは被疑者をいたぶるのは得意なんですよ」

「ああ、そうでしょう」

亨が意味なく同意した。

「俺の話を聞け！」

根津の表情は次第に悲愴な色を帯びてきた。

「どんなにしぶとい人間でも、ひと晩もちませんよ」

「おい！」

そんな根津に、右京の雷が落ちた。

「ならば誰が撃ったというのでしょう？　本気で総領事夫人をかばいたいのならば、今すぐぼくの間違いを正しなさい！　さあ、根津さん！」

しばしの沈黙のあと、根津がとうとう落ちた。

「俺だよ。この俺だ！」

その言葉を受けて、右京が皆を順々に見やる。絹子と柴山が頷く。詠美も頷いた後、こう付け加えた。

「ええ、根津よ。撃ったのは根津。でもそうさせたのは、わたくし」

「奥様……」

根津が詠美をいたわる目で見やった。

「暴発事故を認めれば終わると思ったけど、甘かったわね。甲斐さんの坊ちゃんのお連れのこの方、本当のこと言わないと一生付きまといそう。わたくしたちを拘束した三井は、最初に主人を殺そうとしていたわ。でもその時、主人が三井に言った言葉が事態を急変させた……」

小日向はこう言ったのだった。

——そもそも、あの暴発事故がなぜ起きたのか。誰かが暴発するように仕組んだんだ。そいつは、俺の命を狙ったんだ。ところが、あんなことになってしまって……おまえが本来恨むべきは、俺の命を狙い、拳銃に細工をしたそいつなんだよ！　そこにいる根津だよ。俺の目はごまかされんぞ。さんざん世話になっておきながら、貴様！　おまえが女房とデキてるのは百も承知だ。承知の上で見て見ぬふりをしてやったんだ。どうしてだかわかるか？　しょせんおまえごときは女房のおもちゃにすぎんからだ。女房の渇いた体に潤いを与える、おまえはただそれだけの男だ。フッ、それを自分の立場もわきまえずに、何をとち狂ったか知らんが、この俺を抹殺《まっさつ》しようとした。なあ、わかったろ？　全ては、この阿呆のせいだ！

その瞬間、根津が三井を撃った。そして小日向に向かって言った。

——お察しのとおり、あんたを殺そうとしたが失敗した。奥様にとんでもない迷惑かけちまったよ。

そして倒れている三井の手を取り、その手にある銃で小日向を撃ったのだ。そして事態に恐《おの》れ戦《のの》く柴山と絹子に言った。

——三井が総領事を撃ったので、やむなく私が三井を撃った。そういうことにしてもらえませんか？

すると詠美が重ねた。

——わたくしからもお願いするわ。そうしてくださらない？

絹子が言いづらそうに訊いた。

——おふたりは、その、本当に？

詠美が答えた。

——根津は、わたくしのために主人を殺したの。だってわたくし、根津に言いましたもの。主人なんか死んでしまえばいいのにって。根津はそれを覚えてて実行に移したんだわ。そうよね？

根津はじっと詠美の目を見た。そのふたりを前に、絹子が頷いた。

——わかりました。奥様のためならば。それに根津さんは、夫を殺した三井に報復してくださったんですものね。それだけでも感謝しますわ。

柴山もそれに同調した。

——私も、奥様のためならば協力します。

——ありがとう、皆さん。

そこまでを告白した詠美が、最後に右京に訊ねた。

「ひとつ教えてくださらない？」

「なんでしょう？」

「わたくし、本当に主人が死んでくれたらいいのに、って根津に囁いたの。これって、なんとかって罪になるんじゃないかしら？」

「殺人教唆《きょうさ》ですか？」

「そう。その教唆」

「それは、どういう状況で囁かれたかにもよりますねえ」

右京が答えると、詠美の瞳に妖《あや》しい影が宿った。

「それは決まってるじゃない。ベッドのなかでよ。寝物語に」

帰国した詠美を乗せ、空港から直帰したパトカーを迎えた警視庁の前は、群がるマスコミ陣で大変な騒ぎとなっていた。喧騒《けんそう》のなか、詠美はそのまま取調室に入れられ捜査一課による取り調べを受けた。

「では、小日向詠美さん、お話を聞かせて頂けますか？」

正面に座った三浦が切り出すと、詠美が言った。

「よろしくってよ。でも、その前にお電話いいかしら？」

詠美が携帯を借りてかけたのは、警察庁の甲斐峯秋のところだった。

――こんなことになり、まことに残念です。

峯秋は神妙な声を発した。

「それはわたくしもですわ。でも、自分でしでかしたことですから」

――ええ。

「ああ、そうだわ。坊ちゃん、とても勇敢ね。立派な青年ですこと」

峯秋は瞬間、返す言葉に窮した。

――お褒《ほ》めにあずかり光栄です。

「あら、ごめんなさい。長話しちゃって。わたくし、そろそろ出かけなければなりませんので。

詠美は携帯を切り、芹沢に返した。それじゃあ、ごきげんよう」

「ごめんなさい、わがまま言って」

「いや、まあ構いませんよ電話くらい」

伊丹が応えると、三浦が続けた。

「まだ任意同行の段階ですから」

そのふたりが最も気になっていることを、芹沢が口にした。

「次長とは、どういうお知り合いなんですか？」

「わたくしがオーストリア大使館にいた頃、出向なさってきてらしたの。主人がまだ二等書記官の頃だから、もう二十年以上前になるかしら」

詠美は懐かしそうに微笑んだ。


その夜、右京の行きつけの小料理屋〈花の里〉では不思議なことが起きていた。

「いらっしゃいませ」

のれんをくぐり、女将の月本幸子《つきもとさちこ》に迎えられた右京がいつものカウンターの席に座ろうとすると、斜向《はす》かいに座っている客が声を上げた。

「あれ！」

「これは驚きましたね」

右京も目を丸くした。その客とは享だったのだ。

「お知り合いですか？」

幸子も意外そうな顔をした。

「ええ。彼はカイト君です」

「カイトさん？」

「あ、甲斐享です」

享が自己紹介した後、続ける。

「しかし気持ち悪いですね、こう度々会うと。偶然にも程がある。よく来るんですか？

この店」

「ええ」

右京が頷くと、幸子が重ねる。

「ほぼ毎日いらして頂いてます」

「へえー」

「実はね、このお店……」

幸子が享に耳打ちしようとしたところを、右京が遮った。

「余計なことは言わなくて結構ですよ」

「はーい」

幸子が首をすくめる。その様子を見て享が声を上げた。

「あー、女将さんが美人だから通ってるんだ」

幸子が嬉しそうに微笑む。

「それも当然ありますけど。余計な穿鑿しないでくださいね。杉下さんは、いつものお
酒で？」

「お願いします」

ひと呼吸置いたところで、右京が含み笑いをした。

「フフ。こんな偶然はありえませんよ」

「ありえませんよね」

「ぼくがきみに電話した時ですね？」

「ええ」

享もニヤリと笑って種明かしをした。

あの夜、享を香港に誘った電話……それはこの店からかけたのだった。その電話の後ろで、ちょうど帰る客を送る幸子の声が重なった。

――どうもありがとうございました。これからも〈花の里〉、よろしくお願い致します。

「時間帯からいっても、聞こえてきた女性の声色からいっても、飲み屋の類だと踏んで、〈花の里〉って店名で検索をかけました」

「案外、目端《めはし》が利《き》くようですねえ。ちょっと失礼……お手洗い」

右京が立った隙《すき》に、幸子が享に囁いた。

「実は、このお店ね……聞きたいですか？」

「ぜひ」

「あのね……」

言いかけた幸子を、享が制した。

「あっ、ちょっと待って。あの人、フェイントかけますから」

そう言ってお手洗いの前のついたての向こうを覗いた享が頷いた。

「オッケーです」

幸子が続けた。

「実はこのお店ね、杉下さんの元奥さんがやってた店なんです」

「えええ！」

享は大口を開けてお手洗いの方を見やった。

十五

数日して、右京は警察庁の次長室に呼び出された。

「失礼します」

秘書に案内されて部屋に入った右京を見て、甲斐峯秋は満面に笑みをたたえた。

「いやー、どうも。お呼び立てしてすまなかったね。さあ、どうぞ。何か飲み物は？」

誘われるままソファに座った右京は、飲み物は断った。峯秋は秘書を下がらせて自分も右京の隣のソファに座り、ひと呼吸置いて切り出した。

「実は、きみのことを少々調べた。いや、今回の一件できみの名前が耳に入ったからね」

「そうですか」

「毀誉褒貶《きよほうへん》相半ばする、まるでつかみどころのない人物だということがわかった。しかしね、今現在きみが置かれてる立場については、私は気に入らんな」

峯秋は多少憤りを込めて言った。

「はい？」

「もっと評価されてしかるべきだし、応分の処遇をされるべきだと思う。が、そもそもきみはそういうものを望まないと聞いた。出世だのにはまるで興味はないそうだね」

右京はサラリと答えた。

「そうですねえ。人生のなかでそういうものに、あまり重きは置いてませんねえ」

峯秋は苦笑いをした。

「愉快だね。きみのような人間がいるということがだよ。実に愉快だ。何かぼくが力になれることがあったら言ってほしい。まあ、出来れば早速、今回の功労に報いたいところだが、今回のきみの行動について、非難の声があることも事実だ。いや、私は無下《むげ》にスタンドプレーを排除する気はないよ。むしろ優秀なスタンドプレーなら、ある程度必要だと思っている。うまく使えば硬直した組織のいい刺激になるからね。つまり、ぼくはきみに大いに期待を寄せているということだよ」

いかにも官僚じみたアメとムチを含めた物言いに、今度は右京が苦笑した。

「あまり買いかぶられても困ります」

「迷惑かね？」

「ええ」

その右京の小気味いい態度に失笑した峯秋が申し出た。

「欲のないきみに望みを訊ねるのも空しいが、何か要望があったら言ってくれ。いや、今じゃなくていい。思いついた時で」

「ならば、ひとつよろしいですか？」

右京が人さし指を立てた。返事を期待していなかっただけに、即答しようとする右京に峯秋は少なからず驚いた。

「ん？　なんだね？」

「長らくふたりで行動してきたせいか、ひとりきりだといろいろと不自由です」

「人材が欲しいということかね？」

「ええ」

「ああ。警視庁の人事にうまくぼくが口を挟めるかどうか自信はないが……わかった、やってみよう」

引き受けた峯秋に、右京はさらに驚くべきことを告げた。

「出来れば、ご子息を」

「ん？」

「甲斐享くんを寄越して頂けるとありがたいのですが」

「なぜ？」

峯秋は驚くというより怯《ひる》んだ。

「さあ？　せっかく今回、行動をともにしましたから」

「ああ、いろいろと世話になったそうだね」

「ぼくはお世話などしてませんよ」

右京のへそ曲がりな返答をそのままに、峯秋が確認した。

「本気で倅を？」

「ええ」

峯秋は少し考えながら、独り言のように呟いた。

「確か、きみと長く続いたのは、今までにふたりだけ。亀山《かめやま》……」

言いかけた峯秋の言葉を、右京が引き取った。

「亀山薫《かおる》くんと神戸尊くんです」

「その前の六人は、すぐに警察を辞めたそうだね」

峯秋はそこでにわかに頬を緩めた。

「うん。倅もその二の舞になると思うがね」

右京の希望はたちまちのうちに人事に反映された。中根警察署捜査一係のフロアでは、辞令を受けた享がうろたえ、落ち込んでいた。

「だから杉下右京と関わり持つなって言ったろう」

沢田が享の肩に手を置いて言った。

「いや、だって……」

「仲良くするからだよ」

土屋が、それ見たことか、と享をつつく。

「仲良くなんかしてませんよ！」

声を荒らげる享に、堀江が声をかけた。

「まあ、向こう行っても頑張れ」

「いや、係長。なんとかしてくださいよ！」

享が泣きついた。

「俺には、なんとも出来ないよ」

「だって人材の墓場でしょ？」

享の悲鳴は捜査一係のフロアに響いた。

「なんで俺なんすか！」

「うん」と土屋。

「陸の孤島でしょ？」

「うん」と沢田。


その夜、都内のとあるワインバーに右京を呼び出した首席監察官の大河内春樹《おおこうちはるき》は、半信半疑で右京に訊ねた。

「杉下警部自ら指名したという噂を聞きましたが、本当ですか？」

「ええ」

「そうですか……私も驚きましたが、神戸は腰を抜かしてましたよ」

「神戸くんに『お大事に』と伝えてください」

「しかし、どういう風の吹き回しでしょうか？　杉下警部自ら」

それには答えずに、右京はスプマンテのグラスを傾けて微笑した。


同じ夜、鑑識課の部屋では米沢が操作するパソコンの画面に、伊丹と三浦、そして芹沢が見入っていた。警察官のデータベースで享のプロフィールを探していたのだ。

「おっ、こいつか？」

三浦が声を上げる。

「甲斐享？」

伊丹が名前を読み上げると、顔写真を見て芹沢が叫んだ。

「あっ、こいつ！」

米沢が頷いた。

「ええ。杉下警部と一緒に映っていた御仁です。しかもこの御仁……」

米沢がひそひそ声で告げると、

「ええっ！」

と三人は声を揃えて驚いた。

翌朝、特命係の新人を迎えるにあたって、隣の組織犯罪対策五課でも波紋が広がっていた。

「警察庁次長の御曹司《おんぞうし》だろ？」

小松が声をひそめる。

「なんて呼べばいいっすかね？」

大木が角田に訊いた。

「それはおまえ、〝坊ちゃん〟だろ」

「坊ちゃん？」

　大木と小松が声を揃えて繰り返す。

「馬鹿！　冗談だよ。警察っていうのは階級社会だよ？」

　角田が自分の発言を取り消す。

「じゃあ、呼び捨てでいいっすかね？」と大木。

「もちろん……」

　角田が頷いたところへ、噂の享が段ボール箱をひとつ抱えてキョロキョロとあたりを見回しながら現れた。

「おい、甲斐享！」

　小松が大声で呼び捨てにすると、角田が慌てふためいた。

「おまえ、何呼んでんだよ！」

「え、試しに……」

「むやみに試すな、馬鹿！」

　享が近づいてきて、

「なんすか？」

　と小松に訊ねる。

「ああ、なんでもないっす。気にしないで」

気まずそうに小松が答える。

「あの、特命、どこっすか？」

享に訊かれて、角田が「あっち」と愛想を作って指さした。

窓越しに右京の横顔を覗いた享は、ひとつ深いため息を吐いて、特命係の小部屋に入った。

「どうも」

「ああ、おはようございます」

紅茶のカップを手に立ち上がった右京が、あらかじめ用意してあった新品の名札を手に言った。

「きみの名札です。ここに引っかけてください」

右京は入り口脇の名札板にそれをかけた。そしてコーヒーメーカーのある一角を指した。

「コーヒー、紅茶はここにありますから、ご自由にどうぞ」

享は返事もせず、つまらなそうな態度で机にドスンと段ボール箱を置くと、ロッカーを開けてなかを検《あらた》めた。そうして自分の椅子に座るとイヤフォンを耳に装着し、

「キャバクラかよ。指名なんかすっと金取るぞ」

と言うなり、アイマスクをして居眠りを始めた。右京はその横柄《おうへい》な口調に一瞬目を丸くしたが、やがて可笑《おか》しそうに笑い声をたてた。

第二話「オークション」

一

特命係に配属されて何日か過ごした甲斐享は、いくら〈陸の孤島〉なり〈人材の墓場〉なりと呼ばれているにせよ、こんなに暇な部署が本庁にあったのか、と呆れるを通り越してむしろ腹立たしい思いに駆られていた。

その日も、朝、登庁してからずっとほぼ何もないままに、享はタブレットでオセロゲームをして過ごし、そして上司の杉下右京はヘッドフォンでクラシックを聴きながらペンを片手に指揮者の真似ごとなどをしていた。

そんな特命係の小部屋を、隣の組織犯罪対策五課の大木長十郎と小松真琴が興味津々な顔で覗いている。

「何なんすか！　何見てんですか、小松さん」

「あ、俺？　大木」

苛立たしげに抗議するも、大木の名前を小松と取り違えて、享は余計に気まずい思いをする羽目になった。たまらなくなった享は、

「杉下さん、杉下さん、杉下さーん！」

とヘッドフォンのため外部の音が聞こえない上司に大声で呼びかけ、終《しま》いには後ろか

ら肩を突いて右京を振り向かせた。

「どうしました？」

ヘッドフォンを外した右京に、享が訴える。

「俺、ここに来てからなんにもしてないんですけど」

「やはり若いとか暇を持て余しますか」

「いや、若いとか関係ないですから。仕事とか、何かないんですか？」

「あっ、そうでした。ぜひきみにお願いしたいことがひとつ」

「なんすか？」

享は目を輝かせた。

が、それも束の間、そのお願いしたいことというのが、総務部にふたりの名刺を取りに行くことと知り、享は肩透かしを食らった。不貞腐れた享は名刺を渡してくれた女性警察官に、

「ここ、〈人材の墓場〉って入ってないんですけど」

と部署名を指して困惑させた。

「甲斐享、初めてのおつかいから無事帰還致しました」

享が皮肉たっぷりの言葉とともに特命係の小部屋に戻ると、電話口で右京が、「ちょうど今戻りましたので、代わります。きみの元上司の方からです」と受話器を享に渡し

た。

　中根警察署捜査一係の係長、堀江邦之から呼び出された享は、元の職場に久しぶりに顔を出した。ところが連れていかれたところは〈遺失物相談窓口〉で、堀江から用件を聞かされた享はまた肩透かしを食らうことになった。そこには、何やら石膏《せっこう》で作った、それにしては高価な腕をなくしたという女性が来ていて、その対応を享に押し付けようということらしかった。

「ちょっと！　なんで俺なんですか」

　女性に聞こえないように小声で異を唱える享に、堀江は捨てぜりふを吐いた。

「特命係って要するになんでも屋なんだろ？　よろしく」

「えええええ」

　ガックリした享が振り向くと、いかにもやり手のビジネスウーマンらしき中年のその女性、坂巻百合子《さかまきゆりこ》がこちらを窺《うかが》っていた。

「よろしくお願いします。わたくし、坂巻、と申します」

　百合子が手渡した名刺には〈株式会社　ホワイトグラブズ　代表取締役〉という肩書きがついていた。

「ホワイトグラブズって、オークションハウスの？」

歳恰好に似合わず享が知っていることに、百合子は驚いた。なくした腕というのは、次回のオークションにかける予定の『エド・クレメンスの腕』というものらしかった。

「エド・クレメンス？」

享が聞き返すと、百合子は滔々《とうとう》と説明を始めた。

エド・クレメンスは、七〇年代のアメリカのジャズ界を席巻したピアニストで、わずか三十歳で亡くなったのだが、その天才的な技法は「奇跡の指」と呼ばれていた。その彼が、生前自ら腕を型取りしたものに、現代美術家のホセ・バローロが彩色を施した、この世に二つとない宝が、その『エド・クレメンスの腕』なのだという。

「そんな大事なものどこでなくされたんです？」

享が訊ねた。

「今朝、自宅から会社へ向かおうとタクシーに乗ったのですが、うっかりと置き忘れてしまって……」

「でしたら、タクシー会社に連絡しないと」

「個人タクシーでしたし、レシートはもらいませんでした。タクシーセンターにも連絡したんですが、いまだに届け出はないと」

「それならば、拾い主が現れるのを待つしかありませんね」

「ですが、五日後のオークションの目玉の商品なんです。なんとか見つけ出してもらえないでしょうか？」

藁《わら》にもすがりたい、という様子の百合子を見て、享も知恵を絞った。

「うーん。マスコミに声をかけてみたらどうでしょう？　拾った人が有名なものだって知ったら、すぐに届け出るかもしれません」

享の提案は、即実行に移された。

〈名ジャズピアニストの〝腕〟紛失。いまだ見つからず〉

とテロップがついたニュース番組が放映され、盛谷弘光《もりやひろみつ》というジャズ評論家がコメンテーターとしてその価値を論じた。しかもそのニュースによると、当初は一千万円の予想だった落札価格が、紛失事件のおかげで三千万円に急騰したという。

その番組を特命係の小部屋で見ていた右京が言った。

「騒動のおかげで値が三倍につり上がるとは、大した宣伝効果ですねえ」

「出てこないんじゃ意味ないですけどね」

面白くなさそうに言いながら、享がテレビのスイッチを切った。そのとき、デスクの上の電話が鳴った。右京がそれを取った。

「はい、特命係。今からですか？」

右京が呼び出されたのは刑事部長室だった。

「甲斐享を特命係に異動させたのは、杉下、おまえの差し金だそうだな。どうしてそんな真似をした？」

参事官の中園照生が居丈高に訊いてきた。

「特にこれといって申し上げる理由はないのですがねえ」

右京がしれっと答えると、渋面をつくった刑事部長の内村完爾が睨みつけた。

「おまえの魂胆はわかっている。警察庁次長の息子を人質にしておけば、おまえがまた何かしでかしても、特命係の処分は甘くせざるを得ないという姑息な計算だろう」

右京はハッとした顔をし、やがてにんまり笑った。

「そのようなことは露ほども考えていなかったのですが、言われてみれば、確かに。なるほど、なるほど……」

中園も内村も、「しまった！」という顔をした。


「あの人、なんで俺のこと指名したんだと思います？」

右京不在の隙を見て、享はコーヒーをねだりに来ていた隣の組織犯罪対策五課の角田六郎に疑問をぶつけた。角田はこともなげに答えた。

「そりゃあ、名前のせいだろ」

「名前？」

「うん。おまえのひとり前が、神戸尊。で、その前が亀山薫。で、おまえが……」

「甲斐享」

ふたりが声を合わせた。

「ほら！　みんな『か』から始まって『る』で終わってるだろ？　この法則、俺が見つけたんだよ」

角田が嬉しそうに言う。

「馬鹿馬鹿しい」

そのとき、またデスクの上の電話が鳴った。

「はい、特命。え？　腕が見つかった？」

いち早く受話器をとった角田が声を上げた。

享は早速、中根署に赴《おもむ》いた。報せを受けた百合子も社員で鑑定家でもある富塚修一郎《とみづかしゅういちろう》を伴って来ていた。

「富塚さん、お願い」

『エド・クレメンスの腕』が入ったジュラルミンケースを開けた百合子が言った。富塚は白い手袋をはめてルーペやペンライトを使いながらじっくり調べあげたのち言った。

「間違いありません。傷もないようです」

「ああ、本当によかった！」

百合子は胸を撫で下ろした。

拾ったのは相沢良明《あいざわよしあき》という男性だった。少し離れたついたての向こうに座っていた相沢のところに行って、享が訊ねた。

「どちらで拾われたんですか？」

相沢は五十がらみのやさぐれた男で、享の問いに答える代わりに、

「あんたは？」

と逆に訊いてきた。

「ああ、こういう者です」

享が出来たばかりの名刺を渡すと、

「特命係？」

と相沢は怪訝な顔をした。

「そうですが、質問に答えてください」

享が催促をすると、もう何度も訊かれたことなのか、相沢は不機嫌そうな顔で答えた。

「だから、三日前に六本木でタクシーに乗って、降りようとしたら足元に置いてあったから……」

「なんでその時、運転手に渡さなかったんです？」

「そりゃあ、万一金目のものなら、降りたあとで交番に届けりゃ、落とし主から謝礼をもらえると思っただけだよ」

亨はさらに突っ込んだ。

「だったら、どうしてすぐに届けなかったんです？」

「ただのガラクタみたいだったし、日雇いの仕事が急に入ったんだよ。届けたんだからいいだろ？　俺だって、謝礼さえもらえれば文句はないんだから」

相沢は面倒くさそうに亨の追及を退けた。そこへ百合子がやってきて、バッグから封筒を出した。

「本当にありがとうございました。正式なお礼は、後日、改めまして。とりあえず今日のところはこれで」

相沢は封筒の中身を確かめて、頰を緩めた。

「おお、いいんすか？　なら、ありがたく」

「それで、きみはノコノコ帰ってきたわけですか？」

特命係の小部屋に戻って報告を上げた亨に、右京が言った。

「やけに引っかかる言い方ですけど、何か？」

「確かにその拾い主の相沢という人が、その腕をタクシー運転手に渡さなかった理由は筋が通っていますねえ」

「見るからに金に困ってたみたいですから」

「ですが、遺失物は駅構内や店舗内で拾った場合、二十四時間以内に係員に提出しない限り、報労金の受け取り、また落とし主が判明しなかった際に、遺失物自体を引き取る権利を失う。これ、警察学校で習ったはずですがねえ」

そこまで右京に言われて、享も自棄《やけ》になって応えた。

「わかりましたよ！　だったら、この相沢って奴に金を返すように言えばいいんですよね？」

享は受話器を取って、スマートフォンのメモに控えておいた相沢の電話番号にかけてみたが、その番号は使われていないというメッセージが流れるのみだった。怪訝な顔をする享のスマートフォンのメモの〈台東区清川三丁目……〉という相沢の住所を見た右京が言った。

「おや、ぼくの記憶では、台東区清川は二丁目までのはずですが」

電話番号も住所も出鱈目《でたらめ》だった。

二

その相沢が遺体で見つかったのは、翌朝のことだった。寝泊まりしていた簡易宿泊施設の近くの廃工場で撲殺《ぼくさつ》されていたのだ。死亡推定時刻は夜の十時から十一時の間、凶器は現場に転がっていた鉄パイプらしく、そこには被害者の毛髪と血痕が付着していた。

現場に到着した捜査一課の伊丹憲一、三浦信輔、それに芹沢慶二に状況を説明していた鑑識の米沢守が、最後に付け加えた。

「それから上着のポケットから面妖なものが……」

「面妖ってなんだよ？　もったいぶらずに出せ」

伊丹が急かすと、米沢は一枚の名刺を三人に見せた。

その名刺の主を訪ねて、捜査一課の三人は特命係の小部屋に向かった。

「あれが甲斐享か。なめた格好しやがって」

窓の外から伊丹が享を睨みつける。

「で、どうします？」と芹沢。

「おい、警察庁次長っていったら警察組織のナンバー2だぞ。その息子の機嫌を下手に損ねたら……」

三浦が妙に怯《おび》えた声を出した。

「いや、こういうのは最初が肝心だ。ガツンとやってやる」

伊丹がそう言って先陣を切った。

「甲斐享だな？　ちょっと話を聞かせてもらおうか」

振り返った享は、伊丹の背広の襟《えり》を見て、顔を輝かせた。

「あっ！　赤バッジ。一課の方ですか？　俺、いつかは一課にって思ってて。だから、何かあったらぜひ声かけてください。なんでもしますから」

「お、おう、なかなかいい心がけだな」

拍子抜けした伊丹を見て、芹沢が小声で言った。

「ガツンとやられてますね」

右京が三人の前に出て訊ねる。

「一課の皆さんが、カイト君に何かご用でしょうか？」

「カイト君？」

芹沢が首を傾げる。

「ええ」

そこで伊丹が件の名刺を差し出して享に訊いた。

「おたく、これに見覚えは？」

「俺の……あれ？　でも、誰にもまだ渡して……あっ！　あの相沢って奴の」

享はそこでようやく思い出した。

「相沢さんがどうかしましたか？」と右京。

「ええ、南千住の廃工場で死体で見つかりました」

芹沢が答えると、三浦が亨に訊ねた。

「どういう関係か教えてもらえますか？」

「いや、どういう関係って……」

戸惑う亨に代わって、右京が言った。

「最近話題の『エド・クレメンスの腕』、ご存じでしょうか？」

「その件で昨日中根署で相沢と会って、名刺はその時に」

亨に続けて右京が付け足す。

「確か落とし主の坂巻社長は、その場で相沢さんに現金の謝礼を渡したんでしたねえ」

「ええ、五十万円くらいでしたね」と亨。

「ああ、そういえば被害者は殺される前、近くのキャバクラでかなり豪遊してたって
……」

芹沢が思い出したように言うと、伊丹が応じた。

「ってことは、店で機嫌《ゲンジヨウ》よく札びら切って飲んでたのを、たちの悪い客に見られたあげく、待ち伏せされて現場に引きずり込まれた」

「その店でもう一度聞き込みだ」

三浦の号令で三人は特命係の小部屋を出て行った。が、芹沢だけが引き返し、享に向かってひと言言い置いて去って行った。

「一課の芹沢です。何かあったら、自分のところに遠慮なく来ていいから。俺、あのふたりほど怖くないんで」

右京と享が相沢が殺害された現場を訪れると、そこには鑑識の米沢がいた。

「こちらが巷《ちまた》で噂の？」

享を見た米沢が、興味津々の顔で訊ねた。

「特命係新人の甲斐享です」

享が頭を下げると、米沢が嬉しそうに言った。

「やはり、私の予測が当たりました。実は特命係に来る人間の名前には、ある隠れた法則がありましてですね……」

享がそれを遮る。

「それ、もう聞きましたから」

「えっ？」自説を披露するせっかくの機会を奪われた米沢は、それで気分を損ねたのか、傍らのドラム缶に入ったガラクタに何気なく触ろうとした享をきつく叱《しか》った。「無闇に手を触れないでください！　まだ鑑識中ですよ」

そんな遣り取りを他所に、右京は米沢に現場の状況を訊ねた。米沢によると凶器から工事関係者以外の指紋は検出されておらず、拭きとった形跡もない。犯人はおそらく手袋をしていたに違いなかった。そして米沢が複雑な顔で言い足した。

「それより、ちょっと気になる痕跡がありましてですね。ここなんですが……」

米沢がコンクリートの地面の一角を指す。そこには被害者の血痕が飛び散っていたが、四角い箱状のものが置かれていたようで、その跡だけ血痕がなかった。形状からするとジュラルミンケースのようなものだろうが、どうやら蓋が開かれていたようだった。

「それから、ポケットの奥からタクシーの領収書が」

米沢がビニールの小袋に入った紙片を出した。領収書の日付は九月十八日。腕が拾われた日だった。


その領収書をたよりに、右京と享は百合子が乗った個人タクシーを探り当てた。写真を出して確認すると、運転手は百合子のことをよく覚えていた。

駅前のタクシー乗り場で乗せたのだが、百合子は何台かのタクシーを後ろに並んでいた客に譲って、わざわざ個人タクシーを選んで乗ったかのようだった。行き先を六本木の〈ホワイトグラブズ〉と告げられたので、前に着けようとしたが、百合子は裏の路地で降りた。するとすぐ次の客が手を上げた。それが相沢だった。

「降ろしてすぐの客だったんで、ついてるなあと思って。正直、忘れ物があったって全然気づかなかったよ」

運転手の話を聞き終えた享が呟いた。

「まさか……」

右京がタクシーの内部をしげしげと観察しながら応えた。

「ええ、相沢さんがこのタクシーを拾ったのは、偶然ではなかったようですねえ」

「〈ホワイトグラブズ〉。実は一度行ってみたかったんです」

右京がそこへ向かう車のハンドルを握りながら言った。享が面白くなさそうに応えた。

「どんなに気取っても、しょせんは金持ちの道楽ですよ」

「おや、オークションの世界に詳しいようですねえ」

「いえ、身近にあそこの常連がいるだけです」

「なるほど」

右京は意味深な顔で頷いた。

三

六本木の奥まった閑静な場所に建つ白亜の建物……それが〈ホワイトグラブズ〉だっ

た。ふたりは豪華な調度と瀟洒《しょうしゃ》なデザインで統一されたウェイティングルームに通された。しばらくそこで待っていると、社員のひとり、川南夏彦《かわなみなつひこ》がやってきた。

「お待たせしました。骨董《こっとう》担当のスペシャリストで川南と申します。どうぞ、こちらへ」

招じ入れられた奥の間には、数多《あまた》の骨董品が各々ガラスケースに整然と納まっていた。

「いやあ、それにしても見事なコレクションですねえ」

自己紹介をしたのち右京が感嘆の声を上げると、百合子が脇にいる富塚を指した。

「全て彼の目にかなったものばかりです。富塚はロンドンの有名なオークションハウスにおりましたのよ」

「ああ、それは素晴らしい」

右京が富塚を見やると、川南が言った。

「私などは、富塚に憧れてこの世界に入ったようなものですから」

そこで百合子が右京に促した。

「で、今日はどのようなご用で？」

「実は『エド・クレメンスの腕』を拾われた相沢良明さんが、今朝、遺体で発見されました。その件について、いくつかお話を伺いたいと思いまして」

享が前に進み出た。

「俺からいいっすか？」

「どうぞ」

右京に譲られて、享は百合子に訊ねた。

「どうしてタクシーだったんです？」

「なんのことでしょう？」

百合子は怪訝な顔をした。

「オークションに出品予定の高価な品を運ぶには、会社の車か、せめてハイヤーでしょう。それに、どうして正面じゃなく、裏の路地でタクシーを降りたんです？　その答えは降りた直後のタクシーに他の誰でもなく、相沢を乗せるため。『エド・クレメンスの腕』はうっかり置き忘れたんじゃなく、最初から相沢に拾わせるつもりだった。マスコミを利用して価格をつり上げるために。違いますか？」

いきなり急いた結論を突きつけられて、百合子は失笑した。

「あの日タクシーを利用したのは急いでいたから。それ以上の理由はございません。ちなみに弊社は社用車を持っておりませんし、ハイヤーの契約もしておりません。正面を使わなかったのは、通用口の方が数分ですが時間が稼げるから。とにかくあの日はとても急いでおりましたから。これでもまだ、妙な言いがかりをつけられます？」

整然とした説明に享の方が分が悪いのを見て取った右京が、百合子に頭を下げた。

「不躾《ぶしつけ》な質問を失礼致しました」

「わかってくだされば結構ですわ」

微笑んだ百合子に、今度は右京から反撃のジャブが放たれた。

「それにしても、偶然とはいえ不運でしたねえ……だってそうじゃありませんか。急いでいたにもかかわらず、親切心からかタクシー乗り場で先をお譲りになり、そのせいでたまたま車載カメラのないタクシーに乗ることになり、その結果、大切なものを車内に忘れてしまっても誰が持っていったのかもわからなくなってしまった。これ、不運としか言いようがありません。あっ、そうそう。忘れ物といえば、数年前、ロンドンで世界的ミュージシャンの蠟《ろう》人形の首を出品者が電車の中に忘れてしまい、それによって価格が数倍に高騰したという出来事がありましたねえ。ご職業柄、このお話はお耳にしたことがあるんじゃありませんか？」

右京の言葉に見る見る顔色を変えた百合子が、不機嫌そうに言い放った。

「そのような質問にお答えする義務はございません。わたくし、まだ仕事が残っておりますのでこれで失礼します」

〈ホワイトグラブズ〉の駐車場に出たところで、享が右京に訊ねた。

「杉下さんは、坂巻社長が怪しいって踏んでるんですよね？」

「その可能性は否定出来ませんねえ」

「でしょ？　だってヤラセが事実なら、坂巻社長は相沢良明に弱みを握られていたことになるわけだし」

「その場合、相沢良明が坂巻社長に高額の口止め料を要求していたと考えることも出来ますねえ」

「つまり、坂巻社長には相沢殺害の動機がある」

「と、まあ誰もが安易に考えるでしょうねえ」

自分なりに立てた論を右京に認められたと得意げになっていた享だが、そこでくじかれため息を吐いた。

「乗らないんですか？」

さっさと運転席に乗り込んだ右京が、立ちすくんでいる享に声をかけた。

「ちょっと用があるのでここで失礼します」

「そうですか」

右京は白けた顔の享を残して去って行った。

警視庁に戻った右京は鑑識課へ赴き、米沢に相沢の所持品や泊まっていた簡易宿泊施設の写真を見せてもらっていた。

所持品は最小限の着替えと身の回りのものしかなかったが、ただひとつ、ガーゼのような布の切れ端があった。

「被害者の経歴に関しては、何か？」

右京が米沢に訊ねた。

「相沢良明は五年前まで相沢不動産開発という会社を経営していたようですが、不景気で潰れてしまったようです」

「こちらは映画のチラシのようですねえ」

右京は所持品のなかからペラの印刷物を取り上げた。

「『劇場版　時効間近』。何を隠そう、三回見ました」

またまた米沢の意外な嗜好《しこう》を垣間見た右京は、チラシを隅々まで見た。

「おや。二〇〇五年。七年前の映画ですねえ」

「もうそんなになりますか」

「なぜこんなに古いチラシを？　パソコンをお借り出来ますか？」

「ああ、どうぞ」

右京はパソコンで検索をかけ、映画のことを調べた。するとそこには百合子と相沢が共同出資者として名を連ねていたのだった。

四

一方、右京と別れた享は〈ホワイトグラブズ〉の前でひとり張り込みを続けていた。

「何、俺、ムキになってんだ」

享が自分に突っ込んでいると、門の前にひとりの人物が現れ、建物の内部にいると思《おぼ》しき相手に携帯で電話をかけた。

「ああ、私だ。今外に着いた。すぐ出てきてくれ」

どこかで見たことのある顔だと思っていたら、テレビのニュース番組でコメントをしていたジャズ評論家の盛谷弘光だった。ほどなくして川南が人目を避けるようにして建物から出てきた。そして盛谷を見るなり「すいません」と謝りながらどこかに誘って行った。

享が後をつけるとふたりは近くの喫茶店に入った。享もなかに入り、ふたりに気づかれないように近くの席から様子を窺った。

「ですから、いきなり会社にまで来られても、どうしようもないんです」

何やら川南が盛谷に訴えている。盛谷も負けじと言い返す。

「オークションより前にあの腕を買い取ってくれ、最初にそう言ったのはきみの方じゃないか。なあ、五千万までなんとか用意出来る。坂巻社長に今すぐ私に売るように、かけ合ってくれ！」

「腕が戻ってきてしまった以上、もう手遅れなんです！」

「きみはなんにもわかっとらんな！　いいか、あの腕はな、まさに奇跡なんだよ。実物に私はこの手で触れてその思いは確信に変わった。他の人間には、間違っても渡しちゃいかんのだよ」

川南も必死に抗弁した。

「無理です。あの腕はオークションの目玉ですから」

「じゃあ、いいのか？　坂巻社長と死んだ相沢が組んでいたことをマスコミに流してもいいんだな？　朝まで時間をやる。連絡してくれ」

脅し文句を最後に盛谷はコーヒー代を置いて席を立った。大きなため息を吐いた川南の前に、享が座った。

「ちょっとお話聞かせてもらえますよね？」

警視庁に戻った享は、捜査一課を訪ねた。

「おう、これはこれは。特命係のお坊ちゃま」

享の顔を見た伊丹がニヤリと笑った。

「何かあったら遠慮なく来いって言ってましたよね？」

亨が芹沢に向かって言った。

「何かあったの？」

「ええ。〈ホワイトグラブズ〉の坂巻社長は殺された相沢と組んで、わざと『エド・クレメンスの腕』を落としたふりをして、マスコミを利用して価格のつり上げを図ったんです」

「それって、ヤラセってことかよ⁉」

三浦が声を上げる。

「ところが、そのヤラセ計画を坂巻社長の部下の川南という男がジャズ評論家の盛谷弘光にリークしていたんです」

「盛谷って確か、テレビで例の腕のこと喋ってた？」と芹沢。

頷いた亨に伊丹が訊いた。

「リークって、なんのために？」

「相沢が預かっていた腕を警察に届け出る前に、密かに盛谷に買い取らせるためです。そのために川南は、盛谷に相沢の居場所を教え、盛谷は言われたとおり相沢に接触した。ところが……」

喫茶店で川南から訊き出したところ、盛谷は三千万円で買い取ると持ちかけたが、相沢は断ったという。それを聞いて三浦が思い出したように言った。

「待てよ。聞き込みで上がってきてただろ。ほら、殺される前日、宿泊所に被害者を訪ねてきた男がいたって」

芹沢が頷いた。

「はいはい。背の高い五十がらみでサングラスの男。盛谷っていう評論家の人相と一致しますよ」

「なるほど、読めてきたぞ。だとすると……」

伊丹が言いかけたところで背後からいきなり声がした。

「果たして、そうでしょうかねえ」

「警部殿」

三浦が顔をしかめた。

「皆さんは、盛谷弘光氏が相沢さんを殺害したと思い至ったようですが、その場合の動機はなんでしょう？」

右京の問いに亨が答えた。

「俺が思うに、盛谷は『エド・クレメンスの腕』をなんとしても欲しがっていました」

「つまり、腕を奪うために殺害した」

「ええ」

「しかし、相沢さんが殺害されたのは、彼が腕を中根署に届けたその日の夜ですよ」

「おおー」

その矛盾に芹沢が気づいた。

「ええ、妙だと思いませんか?」

そこで伊丹が断ちきるように右京に言った。

「はい! お説ごもっとも。ありがたく拝聴しましたので、後はこちらにお任せください」

「よし、宿泊所で裏取って盛谷のとこ行くぞ」

三浦の号令で三人は部屋を出て行った。

三人は盛谷の自宅に赴いた。

「昨日の夜、相沢良明さんが殺された午後十時から十一時の間、どちらにいらっしゃいました?」

伊丹が訊くと、盛谷は一笑に付した。

「まさか、私を疑ってるんじゃないでしょうね⁉」

伊丹が部屋中に飾られたエド・クレメンスのレコードジャケットや関連する写真やポスターを見渡して言った。

「まあ、しかし、これほど熱狂的なコレクターなら、この世に二つとない『エド・クレメンスの腕』を喉から手が出るほど欲しいはずですよね。ましてやそれを自分に売らなかったとしたら、殺したいほど腹が立ってもおかしくはない」

盛谷は伊丹の追及を振り払うように、きっぱりと言った。

「確かに私はあの腕の魅力にとりつかれている。だから……だからこそ明日のオークションには全身全霊を傾けたいんだ！　ですから、今日のところはどうかお引き取りください」


同じ頃、右京はさる美術館を訪れていた。

「奥村土牛《おくむらとぎゅう》ですか」

ひと足先に来て絵に見入っている甲斐峯秋に、右京が背後から声をかけた。

「ぼくはこの『輪島の夕照《せきしょう》』という絵……あの何度も何度も塗り重ねたあの暖かい色が好きでね」

峯秋は目を細めて絵を指した。

「こちらには、よく？」

「せっかくきみと会うんだからね、どこか落ち着けるところはと考えて、ここを選んだんだ」

「ご子息の近況など、少しお話しした方がよろしいでしょうか？」

峯秋は首を横に振った。

「いやいや、それには及ばんよ。ぼくがきみと会うのを楽しみにしてるのは、杉下右京というひとりの人間に興味があるからなんだ」

「恐縮です」

「ただ、気にならなくはない。なぜきみがあんな倅を特命係に招いたのか、その理由がね」

右京は微笑した。

「そちらの言葉に倣《なら》うなら、甲斐享というひとりの人間に興味があるから……そう申し上げるべきでしょうか」

「なるほど。で、頼みごととはなんだね？」

「次長は〈ホワイトグラブズ〉の会員でいらっしゃいますね？」

「ほう……なぜそれを？」

峯秋は驚いた。

五

オークションの当日、〈ホワイトグラブズ〉には沢山の紳士淑女が集まった。入り口には『エド・クレメンスの腕』の写真をあしらったポスターが貼られ、この日の目玉はこれだと主張していた。

定刻が来て、満場の拍手のなか正装をした富塚が木槌を鳴らした。その脇では百合子がノートパソコンを開いて会場を見渡していた。

「ただ今より、本日のオークションを開始致します。まずはロット番号一番。モダンジャズ初期のオリジナル盤から名盤中の名盤です。テンションノートレコーズより、ザ・マスターズサウンドプリンテッドのアナログ盤です。十万円から始めたいと……」

皆一様にひと目で裕福とわかる参加者に交じって、いささか場違いな感が否めないカップルがいた。

「助かったな。招待状なしじゃ入れないからな」

隣に座っている笛吹悦子に、享が囁いた。

「先輩ＣＡに会員の人紹介してもらって、苦労したわよ」

「サンキュー……居た」

享が指した前方の座席には、盛谷が緊張した面持ちで座っていた。

オークションは滞りなく進められ、とうとう最後のクライマックスに至った。富塚はひとつ咳払《せきばら》いをし、姿勢を改めて声を張り上げた。

「いよいよ本日最後のロットです。ロット番号二十八番。奇跡のピアニスト、エド・クレメンスの腕！ ご心配をおかけしましたが無事に戻って参りました」

スクリーンにエド・クレメンスがピアノを弾く映像が映され、後方から川南が現物を載せたワゴンを押して通路を進むと、会場に大きな拍手が起こった。富塚が木槌を鳴らす。

「さて、ファーストビッドは一千万円から。どうぞ！」

即座に十数本のプレートが上がった。

「では、一千二百万では？」

プレートは数本に減った。

「奥のご婦人、一千二百万。次は一千三百万……さらに一千四百万では？ ……次は一千五百万。それでは二千万円でいかがでしょう？」

段々とメンバーが絞られてきたところで、盛谷がプレートを上げた。

「二千五百万」

「いきなり⁉」

会場のざわめきとともに、悦子も驚きの声を上げた。

「ただのマニアだから欲しがってるんじゃない。あの腕には盛谷自身がそれを手にした証拠が必ず残ってるはずだ。だから他の人間には絶対に渡せないんだ」

享が小声で言った。

「では、次は二千七百万」

会場の脇でノートパソコンを覗きながら受話器を手に、外部の顧客と連絡を取り合っている業者のなかから、プレートが上がった。

「会場の外から声がかかりました。電話ビッドで二千七百万。ならば、次は二千九百万」

「三千万」

即座に盛谷がプレートを上げた。

「素晴らしい！」富塚が叫ぶ。

「他の客の戦意を喪失させるつもりかよ……」

享が独り言のように呟いた。

「次は三千二百万。お得意様はなんと？」

先ほどの業者に富塚が訊くと、受話器を握ったままプレートで首をかく真似をした。

富塚は頷いて続けた。

「三千二百万。場内にはいらっしゃいませんか？　まだチャンスはございますよ」

そこで享がプレートを上げた。会場の皆が注目した。

「そちらの若き勇者からのビッドです。三千二百万でよろしいですか？」

「いえ、三千五百万で」

「何、考えてるの⁉」

　会場の誰よりも驚いているのは、悦子だった。

「盛谷があの腕を手にしたら元も子もないだろ！」

　享が必死の言い訳をした。富塚はさらに続ける。

「素晴らしい展開です。いかがです？　三千五百万の次は三千七百万」

　盛谷も負けてはいなかった。一種悲愴な様相でプレートを上げた。

「三千七百万。次は三千九百万。さあ、若き勇者は受けて立たれますか？」

　享は一瞬躊躇《ためら》ったものの、さっとプレートを上げた。

「次はジャスト四千万」

　隣でハラハラと享を見ている悦子が、たまらずに訊いた。

「そんなお金、ないでしょ？」

　すると享がとんでもないことを口にした。

「マンション売ればなんとかなるだろ」

「えっ、私の⁉　ちょっと、冗談じゃない！」

「必ず返すから！　最後は退職金から何からかき集めて、絶対払う！」

「お受けになりますか？」

　富塚が訊くと、盛谷は大きく頷いた。

「もちろんだ！」

「四千万。次は四千百万ですが……」

そこで享は盛谷が喫茶店で五千万まで用意できると言っていたことを思い出し、一気に勝負に出た。

「五千万で」

会場が大きくどよめいた。盛谷は享を振り返り、生唾を飲み込んだ。

「五千万の次は五千百万。どうされます？　いかがでしょう？」

富塚が目を遣ると、盛谷は蒼ざめた顔で頷いた。

「受けよう」

「五千百万。次は五千二百万。いかがでしょう？」

そこまできて、享は考え込んでしまった。そしてついに諦めることに決めた。

「他にどなたもいらっしゃらなければ、奇跡の腕は五千百万円での落札となります」

富塚がまさに木槌を鳴らそうとしたところへ、会場の後方から声が上がった。

「ビッディング、六千万円」

会場はさらに大きな驚きに包まれた。

「杉下さん⁉」

振り向いた悦子が声を上げた。

「窓際の英国風紳士から六千万のビッドです。次は六千百万になります。どうされます？」

「なんで⁉」

享は目を丸くした。

「受けよう」

一度は安堵《あんど》の吐息をつきかけた盛谷が、震えながら答えた。

「六千百万！　次は六千二百万ですが……」

富塚が言いかけたところで、右京が腕時計を確認し、どこかへ携帯で電話をかけた。

「そうですか、わかりました」

応えたなり、右京は携帯を閉じて富塚に向かって首を横に振った。

「他にどなたもいらっしゃらなければ、こちらの紳士が六千百万円で落札です」

盛谷は今度こそ本当に安堵の吐息をつき、富塚も満を持して木槌を打ち鳴らした。会場からも祝福の拍手が湧いたその時、後方の扉から捜査一課の三人と米沢が入ってきた。

「はーい、静かに！　静かにして！　失礼しますよ」

伊丹が通路を通りながら声を上げた。

「なんなんですか⁉　あなたたちは！」

「ここをどこだと思ってるんだ⁉」

百合子が黄色い声を出し、富塚はこめかみに青筋を立てた。

「警視庁捜査一課です。こちらの腕渡してもらえますか」

伊丹が令状を示して言うと、盛谷が血相を変えて叫んだ。

「おい！　どういうことだ⁉」

右京が享の傍らに来て耳打ちした。

「やれやれでしたねえ。令状がギリギリ間に合いました」

「えっ？　まさか令状が発行されるまでの時間を稼ぐために、値段をつり上げたんですか？」

享が驚きの声を上げると、右京はそれ以上に驚いた顔をした。

「おや。きみも同じことを考えていると思ったのですが？」

享はちょっとバツが悪そうだったが、気を取り直して右京に訊いた。

「いや……っていうことは俺が睨んだとおり、あの腕は盛谷が犯人だっていう証拠だったんですよね？」

右京が咄嗟に応えた。

「きみは肝心なことを勘違いしているようですねえ」

六

百合子、富塚、川南、そして盛谷が、『エド・クレメンスの腕』を間に置いて刑事たちと睨みあっていた。

「説明次第では、ただでは済みませんわよ」

百合子が腕組みをして言った。

「これでも配慮したつもりなんですがねえ。何しろことはこのオークションハウスの名誉に関わるものですから」

「なんのお話かしら？」

白を切る百合子に、右京がその内実を説明した。

「捜査の結果、相沢良明氏殺害時にこの腕が犯行現場にあったことが明らかになりました。犯行現場に残されたジュラルミンケースの痕跡と被害者の血痕から、ケースの蓋が開いていたことも明らかです。そのなかにあったこの腕に被害者の血液が付着している可能性が極めて高い。そう判断して令状の請求をお願いしました」

右京の言葉には、享がまず反応した。

「証拠って血痕だったんですか。えっ？　だけど……」

「さあ、米沢さん。お願いします」

「了解しました」

米沢が進み出て、試薬のスプレーを腕に吹きかけようとすると、川南が慌てふためいて飛び出した。

「やめてください！」

盛谷もそれに続いて米沢の肩をどついた。

「おっ、おい！　貴様、気は確かか⁉　『エド・クレメンスの腕』だぞ！」

その様子を見た右京が、両腕を上げてふたりを制した。

「ご安心ください。なるほど。これではっきりしました。今、この腕に試薬を吹きかけようとしました。しかし、そちらのおふたりは止めようとなさいませんでしたね」右京は百合子と富塚を指した。「オークションで六千万もの値がついた腕ですよ。普通ならばあちらのおふたりのように、止めてしかるべきだと思うのですが、なぜ止めなかったのでしょう？　理由はひとつ、この腕が本物の『エド・クレメンスの腕』ではないことを知っていたからです」

「『エド・クレメンスの腕』じゃない⁉」

盛谷の目がつり上がった。右京が頷いて百合子の方を向いた。

「オークションの目玉である『エド・クレメンスの腕』を紛失したと偽り、価格を高騰させる。その計画に、あなたはかつて映画の共同出資で知り合った相沢良明氏を巻き込みました。そして、周到な打ち合わせをして腕の受け渡しを行った。しかし、狡猾さでは相沢良明氏の方が一枚も二枚も上でした」

そこで米沢がビニール袋に入ったガーゼの切れ端を示した。

「被害者の部屋にありました。本来はギプスなどを作るためのものですが、石膏で型を取る時にも使うそうです」

そこで伊丹が進み出る。

「おふたりが共同出資した映画の関係者をあたり、ようやく小道具製作の美術工房にたどり着けました」

三浦が続ける。

「そこの社長から、相沢良明に頼まれて偽物の腕を作るのに協力したという供述も得ています」

「相沢良明氏が届け出たこの腕が真っ赤な偽物だと、優秀なスペシャリストならば当然、すぐに気づいたはずです。どうして相沢良明氏がそのようなことをしたのか、その理由をお聞かせ願えませんか？」

顔色を失った百合子に、右京が訊ねた。

「偽物を持ち帰ったあと、すぐに相沢と連絡を取りました。そしたらあの男……」

本物を返して欲しいと電話で迫る百合子に、相沢はふてぶてしくもこう言ったのだ。

――オークションが終われば返しますよ。ただし、落札価格と同額の現金と引き換えにね。

　そこで伊丹が痺《しび》れを切らしたような声を上げた。

「お話中、すいませんね。で、誰が相沢をやったんですか？」

「苦労して令状取ってきたんですから、早く教えてくださいよ」

　三浦にも懇願されたが、右京はマイペースを崩さずに話を進めた。

「被害者の相沢良明がもし本物の腕を持っていたのだとすれば、犯行は当然行きずりの強盗などではなく、本物を奪うためだったと考えるべきでしょう」

「私がやったとでも言うのか⁉　本物を持ってたら、こんな偽物落札してないだろ！」

　興奮して声を荒らげる盛谷を他所に、右京が続ける。

「凶器は現場にあった鉄パイプ。だとすれば、犯行は計画的ではなく偶発的だったはずです。ところが凶器の鉄パイプには犯人の指紋はおろか、拭き取った痕跡もなかった。手袋をしていたのならば最初から用意していたことになる」

「それって矛盾してませんか？」

　聞いていた芹沢が指摘したが、すぐに右京にくつがえされた。

「いいえ、矛盾していませんよ。犯人が常に手袋を持ち歩いている人物ならば、犯行は可能です。たとえば、いつ、どこで掘り出し物を見つけてもいいように、常に手袋を備えていて、なおかつ相沢良明が本物の腕を持っていると知っていた人物」

右京の言葉を聞いて、皆が一様に富塚を見た。

「私じゃない！」

富塚は面食らって立ち上がった。

「話を聞かせてもらいましょうか」と三浦。

「署までご同行願えますか」

伊丹が睨みをきかせた。右京は構わずに続けた。

「米沢さん、この腕を持ち帰って鑑定してください。いくら偽物とはいえ殺人の動機となった重要な証拠ですから」

「真っ赤な偽物だったわけですから、今度こそ容赦なく調べさせて頂きます」

「徹底的にお願いします」

「わかりました」

そのとき、盛谷が不気味な笑い声を立てた。そして自嘲《じちょう》気味な口調で言った。

「こんな偽物に六千百万も払う馬鹿がいたなんてな」

そして思わぬ行動に出た。「クソー」と叫びつつ『エド・クレメンスの腕』を両手でむんずと掴み、台座から外して頭上に振り上げたのだ。

「何が奇跡の腕だ！」

叫びつつ床に叩きつけようとした瞬間、川南が盛谷の腕を必死に押さえた。そして盛谷の前に土下座をして額を何度も床にすりつけた。

「やめろ！　やめてくれ！　お願いだ！　お願いだ！　やめてくれ！　お願いだ！」

それを見て右京が言った。

「カイト君、腕を」

茫然と立ちすくむ盛谷の手から、享が静かに『エド・クレメンスの腕』を引き取った。

右京が続ける。

「やはり川南さんは全てをご存じのようですねえ。皆さん、この腕こそが本物の『エド・クレメンスの腕』です」

そのひと言に、その場にいた誰もが我が耳を疑った。

「だって、たった今、これが偽物だって……」

皆が思っていることを、享が口にした。

「相沢良明が偽物の腕を作り、本物を隠し持っていたことは事実でしょう。犯人はそれを奪おうとして、相沢良明殺害に至ってしまったわけですから。今、川南さんはなぜ感情的になった盛谷さんをそこまでして必死で止めたのでしょう？　考えられる答えはふたつです」

「ひとつ目は？」

亨が右京に訊ねる。

「川南さんは何も知らずに、この腕が本物だと信じていたから」

「ふたつ目は？」

「オークションが始まる直前に、坂巻社長と富塚さんに気づかれないように犯人が偽物を本物の腕とすり替えたことを知っていたから」

「あっ！」

亨もようやく真実に思い至ったようだった。

「ええ」右京が頷き、ひざまずいたままの川南に言った。「川南さん。犯人はあなたですね？　家宅捜索の手間を省かせてください」

川南はよろよろと立ち上がって、戸棚から黒いボストンバッグを出した。そしてそのなかから二本の腕を取り出し、テーブルの上に置いた。

「それが、相沢良明が作った偽物ですね？」

川南が無言のまま頷いた。そこで亨が疑問を投げ掛けた。

「すいません。どうして彼が偽物を本物にすり替えたって言い切れるんです？　だって、本物が殺人の証拠なら隠しておいた方がずっと安全じゃないですか」

「それこそがあなたの動機だった。ぼくにはそう思えてなりません」

右京が静かな口調で川南に言うと、川南は真実を語り始めた。

「わかって頂けましたか。ヤラセの計画を聞いた私は、盛谷さんを訪ねて、相沢から腕を買い取ってもらうように頼みました。ですが盛谷さんは買い取りに失敗して、相沢は腕を警察に届けてきました。ところがそれは真っ赤な偽物で……」

川南は、百合子の部屋で富塚が「この偽物をオークションに出すつもりか」と問い詰めるところを、ドアの陰から聞いてしまったのだった。そのとき百合子はしゃあしゃあと言った。

――本物を取り返してから渡せば済むことじゃない。

それを聞いた川南は、相沢に連絡をとり、宿泊所の近くの廃工場に呼び出して、本物の腕を返してもらえないかと頼んだ。相沢はジュラルミンケースを開けて川南に腕を見せた。相沢は言った。

――傷ひとつ付けてねえからなあ。で、金はどこにあるんだよ？

――お金はありません。

――はあ？

――ですが、私が社長を説得してなんとかします！　どうかこのとおり！

川南は土下座して相沢に頼んだ。が、相沢はそれを一蹴した。

――そんなこと信じられるかよ。ふざけんな！

――ですが、これがないと、あの偽物がオークションに！

川南は必死で相沢にすがったが、相沢は川南をガラクタの山に向かって投げ飛ばし、叫んだ。

——俺の知ったことじゃねえよ！　帰って坂巻社長に言いな。落札額にさらに口止め料で一千万プラスだってな。

そう言い置いてジュラルミンケースの蓋を閉じようとした相沢の背中を見て、川南はもう頭が真っ白になっていた。気づいてみると手に鉄パイプを持ち、相沢の後頭部に打ちつけていた。

「こんな偽物を出品するなんて、絶対に許せなかった！」

川南は両手に握った二本の腕を、思い切り床に投げつけて叫んだ。偽物の石膏は悲痛な音をたてて粉々に砕け散った。その川南の背中に右京が語りかけた。

「オークションに偽物を出品する……スペシャリストとしてそれだけは阻止したかった。それが、あなたが相沢良明を殺した動機ですね？　しかし川南さん、人を殺していい理由などこの世にはありませんよ」

川南は膝を折って泣き崩れた。

「おい、立て、オラッ！　話聞かせてもらうぞ！」

川南を伊丹が引きずり上げた。

捜査一課の三人が川南を覆面パトカーに連れていくのを、右京と享、そして米沢が玄関で見送った。

「それにしても、きみは無茶をしますねえ」

右京が享に言った。

「えっ？」

「オークションでもし盛谷氏が降りていたら、きみは五千万円を払わなければならなかったんですよ」

享はしれっと言った。

「その時は、優しい上司に貸してもらおうと思ってました」

「はい？」言い置いてそのまま覆面パトカーのところに走って行く享を、右京は呆れ顔で見た。「おやおや」

その会話を一歩後ろで聞いていた米沢が言った。

「いやあ、盛谷さんが本物の腕を壊そうとした時には、正直、肝が冷えました」

「あれは計算違いでした。ぼくもいささか無理をしてしまったようです」

それを受けて米沢がしみじみ言った。

「案外、杉下警部と彼には似たところがあるのかもしれませんな」

「さあ、どうでしょう？　彼もいつまで続くやら」

そのとき、車のクラクションが鳴り響き、伊丹の怒鳴り声が聞こえた。

「米沢、早くしろ！」

「はいはい！　はい！」

覆面パトカーが去って行くのを見送った右京が、後ろから享に声をかけた。

「行きますよ」

「はい」

さっさと歩み去る右京の背中に向かって、享がぼやいた。

「そんなに急ぐ用事ないでしょ」

第三話「ゴールデンボーイ」

一

甲斐亨と笛吹悦子はお互い忙しい身ではあるが、何とかスケジュールをやりくりして、出来れば週に一度は外で待ち合わせてデートらしいデートをしたいと思っていた。その夜は念願叶って四ツ谷駅で落ち合い、久しぶりにグルメの間では有名なレストランで食事をする約束をしていたのだが、あいにく踏切故障で電車が遅れ、亨は三十分も遅刻する羽目に陥ってしまった。

しかしその程度の番狂わせはまだまだ序の口だった。予約の時間を過ぎていると悦子に急《せ》かされて、新宿通りを四谷三丁目の方角へ向かって歩いていると、大通りを外れた路地から、箒《ほうき》と塵取《ちりと》りを持った男性が血相を変えて飛び出してきた。

「人が……人が!! 助けてくださいよ!」

男の指す方向に亨が目を遣ると、ワイシャツ姿の男性がうつ伏せに横たわり、アスファルトの上には血の海が広がっていた。亨は思わず上空を見上げた。どうやらマンションの上の階から落ちたらしかった。

「午後八時ちょうど」亨は腕時計で時間を確認してから、箒を持った男性、このマンションの管理人である下田《しもだ》に警察手帳を示した。

遺体の身元はこのマンションの五〇三号室に住む宮坂《みやさか》という男だと下田に確認をとった享は、とりあえず警視庁に連絡を入れ、下田に合鍵を頼んでそのまま部屋に直行した。

五〇三号室のドアの前に立った享はまずチャイムを押し、ドアを叩いてみたが、反応はない。下田の持ってきた合鍵で鍵を開けてみたものの、ドアチェーンがかかっていて開かない。

「誰かいるのか？」

享がドアの隙間《すきま》から中を覗くと、窓にかかっていたレースのカーテンが風でふわりと膨らみ、コトンと何かが床に落ちる音がした。

下田にチェーンを切る工具を借りてようやく部屋に入った享は、注意深くなかを見回してみた。人の気配はなかった。床にビールの空き缶がひとつ転がっていた。サッシの窓は開いていた。享はそこからベランダに出て下を見下ろしてみた。パトカーはすでに到着したようで、幾人もの捜査員が遺体を囲んでいる。風が起きて背後のカーテンがまたふわりと揺れた。享は部屋のなかに戻り、スタンドライトがついたままのデスクに置かれたノートパソコンの画面を覗いた。そこにはただ、

〈生きていくのが嫌になった　宮坂敬一《けいいち》〉

とだけ記されていた。

やがて五〇三号室にも、捜査一課の伊丹憲一、三浦信輔、芹沢慶二をはじめ、多くの

捜査員がやってきた。

「部屋で物音がしたって？　風で空き缶が転がっただけじゃねぇか！」

亨から状況を聞いた伊丹が、床の空き缶を指してつまらなそうに言った。亨は返す言葉もなく、ただ頭を下げた。

「カイト、大変だったなあ！」

亨の顔を見るなり取り入るように気遣いの言葉をかけた芹沢に、伊丹は非難がましい視線を浴びせた。

「報告！」

「ああ、はい。亡くなったのは宮坂敬一さん。投資アドバイザーで、一時はかなり羽振りがよかったようです。ただ、最近は下り坂だったみたいで、ひと月ほど前にこのビルに越してきています。近所の話では、借金の取り立て屋がよく来てたようですね」

それを聞いて年長の三浦が感慨を込めて言った。

「栄枯盛衰。はかないもんだなあ。まあ、いずれにしてもカイト君が来た時には、ここは鍵もチェーンもかかった密室だったわけだから」

捜査一課の三人はパソコンの画面の遺書めいた一文を覗いた。

「借金を苦にした自殺って線か。行こう」

伊丹の合図で三人が部屋を出て行こうとしたところ、出入り口で後ろ手を組み、部屋の中をさりげなく観察している人物がいた。

「杉下さん！」

駆け寄ろうとする享を伊丹が睨みつけた。

「呼んだのか！」

「いや、呼んでません」

特命係の警部、杉下右京がにっこり笑って進み出る。

「どうも。米沢さんから彼が事件の通報者だと伺って、上司として放っておくのもいかがなものかと思いましてねえ」

「そうですか。ごゆっくりどうぞ。われわれは忙しいので失礼します。どうも」

皮肉交じりに応じた伊丹が、そう言って三浦と芹沢を引き連れて部屋を出て行った。

憧れの捜査一課の三人にお辞儀をして見送った享がため息を吐いて右京に告げた。

「せっかくですけど今回は無駄っぽいですよ。自殺直後この部屋に駆けつけましたが鍵がかかってました。それに遺書もこのパソコンに」

享が指したパソコンの画面を覗いた右京は、まったく別のことを訊ねた。

「ところでカイト君、きみが最初に部屋に入った時にこのカーテンは閉められていましたか？」

「ええ、カーテンが風でふわっと膨らむのをはっきり見ましたから」

「妙ですねえ」

「妙ですか？」

「これから死のうとする人間が、ベランダに出たあとにわざわざカーテンを閉めたりするでしょうかね。閉めるとしたら扉の方じゃありませんかねえ。カーテンだけ閉めるというのは不自然だと思いませんか？」

亨は首を傾げた。

「じゃあ、杉下さんは、宮坂さんは自殺じゃなく誰かに突き落とされた、そう思ってるんですか？」

「いいえ、全く思っていません」

「ですよねえ」

「管理人の方から伺ったのですが、悲鳴のようなものは聞かなかったとのことでした」

カーテンを開け閉めしながら右京が続けた。「さて、本来カーテンというのは視線を遮るためのものですが……」そこで言葉を切った右京は、突然床に視線を落とし、這《は》いつくばって床の一点をつぶさに見た。そして顔を上げ、「米沢さん！」と脇にいた鑑識課の米沢守を呼んだ。

「はい」

「ここと、扉付近、ルミノール反応を調べて頂けますか？」

享はきょとんとしたまま床とカーテンを見比べた。

右京の思った通り、床には被害者のものとみてほぼ間違いない血液が拭き取られた痕があった。その結果を受けて右京が言った。

「おそらく宮坂さんはここで何者かに襲われて昏倒《こんとう》、もしくはすでに死亡していた」訳のわからない顔をした享に、右京が推論を突きつける。「こうは考えられないでしょうか。その何者かが自殺に見せかけるために偽の遺書を作り、そして宮坂さんをベランダから投げ落とした。そしてベランダから室内に入った際に血痕を発見。とっさに外から見られないようにカーテンを閉め、血痕を拭き取った。そのせいで逃げるのが遅れてしまった」

「ちょっと待ってください。逃げるも何も、そもそもそいつはどうやってこの部屋から出たんです？　俺が来た時は鍵もチェーンもかかってましたよ」

不満顔の享を見て、右京が続ける。

「きみ、この部屋に入った後で、風で膨らむカーテンを見たと言いましたねえ」

「ええ、いきなりふわっと」

そこで右京は実演を始めた。

「そこにいてください」享に告げた右京は玄関のドアに走った。「いきますよ」

右京がドアを開けると、カーテンがふわっと膨らんだ。

「ああ！　まさにこんな感じです」

カーテンを指さした享に、右京が解説を施す。

「玄関の扉を開けたことで風が室内を通り、その風でこのカーテンが膨らんだんです。つまり、きみが風に膨らむカーテンを見たまさにその時、犯人はここから立ち去ったのでしょう」

「でもでもでも！」それでも納得が行かない享が口を尖らせた。「俺が来た時は無人だったんですよ、この部屋！」

「きみ、その時ここを見ましたか？」

右京が玄関側の壁にある扉を開けた。

「見てません」

そこは洗面所だった。

「おそらくここだと思いますよ」

享は自分の不明を恥じて壁にごつんと頭を打ち付けた。

「ごめんなさい」

二

宮坂の死は翌朝のニュースで、自殺をほのめかす遺書らしきものが見つかった、というあたりに留められて報じられた。

「昨日はデート中に死体が降ってきたそうで、縁起が悪いですなあ」

その朝、右京とともに鑑識課を訪れた享の顔を見て米沢が言った。昨夜のミスがまだ心に刺さっている享が先を急かす。

「それより司法解剖の結果、出たんですよね？」

米沢が頷いて結果を報告した。それによると、死因は右京の推察どおり撲殺だが、遺体の損傷が激しく、凶器はまだ特定されていないとのことだった。

「パソコンに残っていた遺書ですが、犯人の偽装でしょうねえ」

右京が訊ねる。

「ええ、まず間違いないかと。それから、被害者がパソコンで死ぬ前に見ていたサイトがこちらです」パソコンの前に座った米沢がそのサイトを開いた。それはボクシングの試合の結果を報ずるスポーツニュースのサイトだった。「勝ったのは荒木淳《あらきじゅん》というボクサーです」

「宮坂さんはボクシングファンだったんですかね？」

パソコンの画面を覗いた享が言った。

ふたりは早速、その荒木というボクサーが所属している〈喜多方《きたかた》ボクシングジム〉を訪ねてみた。ちょうどその時は荒木がリングに上がり、トレーナーのミットにパンチを繰り出していた。右京と享がリングの傍らに近寄ると、その隣で、ハンチングを被《かぶ》ってメモとペンを両手に構えた、いかにもスポーツ記者らしい風貌の男が感嘆の声を上げた。

「パンチ切れてるねえ！」

「体のキレもいいようですねえ」

右京が相槌を打つと、その記者、松井良明《まついよしあき》はリングから目を離さずに続けた。

「ああ。けど今日はミット打ちだけで終わりなんだよな。スパーリングはしないんだって。まあ、世界戦まであと十日だからね。しかし、ゴールデンボーイもピリピリしてるねえ」

「なんすか？　ゴールデンボーイって」

享が訊ねると、松井は振り返って意外そうな顔をした。

「あんたら記者じゃないの？」

「はい。こちらのジムの方に少しお話がありまして」

右京が答えたところへ、リングサイドから叱責の声が飛んできた。

「ちょっと、そこ！　静かに」

三人は首をすくめてリングの傍らから離れた。松井は自分の書いた雑誌記事を右京と享に示した。そして『ゴールデンボーイ　荒木淳の未来図』と題されたその記事を、自ら読み上げた。

――一年前、まだ無名だった荒木は、予定されていた選手が故障したため急遽《きゆうきよ》代役として試合に出場した。ところがその試合で、荒木はなんと世界ランキング二位の武田《たけだ》俊《とし》夫《お》を六回一分四十八秒、右フックで鮮やかにノックアウトして一躍脚光を浴びた。その後も荒木は破竹の勢いで勝ち続け、ついに世界タイトルマッチに挑戦する運びになった……。

「それでゴールデンボーイですか」

享が納得顔で頷いた。

その時、トレーニングの終了を告げる声が発せられた。

右京と享は、リングサイドで眼光鋭く荒木を見つめていたトレーナーの石堂龍臣《いしどうたつおみ》と、先ほど右京たちを叱責した山村信也《やまむらしんや》に話を聞くことにした。

「そうですか、宮坂さんのことで……」

ふたりの刑事を事務室に招じ入れた石堂が、ソファを勧めながら言った。宮坂の死はニュースで見たということだった。

「でも、どうしてウチに？」

聞き返す石堂に、右京が答えた。

「宮坂さんは亡くなる前に、荒木さんの試合の記事を見ていました。もしかして、こちらのジムの方とお知り合いだったのでは、と思いまして」

そのとき、汗を拭きながら荒木が入ってきた。

「俺は仲良かったよ。宮坂さん、地元の先輩だったからね。よく飯《めし》おごってくれたりした」

右京が続けて訊ねる。

「宮坂さんが荒木さんの練習を見にこちらへ来ることなどは？」

「いや、あの人はボクシングとかは、全然興味なかったから」

「こいつの世界戦が決まるまではね」

荒木の答えに山村が付け足した。

「つまり、宮坂さんは荒木さんが世界タイトルマッチに挑戦することが決まって、初めてボクシングに興味を持った」

右京が話を整理すると、荒木がそれに応じた。

「ただの後輩って思ってたのがいきなり世界戦に出るってなったら、誰だって正直、へえーって思うっしょ」

「最近は、スポンサー探してくれたり差し入れをくれたり、色々応援してくれるようになってたんですよ」

石堂の言葉に頷いた右京が、話題を変えた。

「ところで昨夜八時頃ですが、皆さん、どこで何をしてらっしゃいました？」

それまで柔らかに応対していた石堂の顔が、急に険しくなった。

「刑事さん、うちのジムに犯人がいると思ってるの？」

右京がそれを打ち消す。

「いえいえ！　形式的な質問です」

「俺はロードワークに出てた、ひとりでね」荒木が答えた。

「ぼくは家でひとりでテレビ見てました」と山村。

「私はそこで帳簿をつけてましたが」

「おひとりで？」

「ええ」

右京に訊かれて頷いた石堂の右手を見て、享が訊ねた。

「石堂さん、右手どうされたんですか？」

そこには白い包帯が痛々しく巻かれていた。

「ちょっとヤケドしちゃってねえ」

「石堂さんは元ボクサーですよね？」

「ああ、結構いいとこまでいったんだよ」

「そうですか。人が人を素手で殴っても、相手が死ぬことはありますよね？」

「打ちどころが悪きゃあね」

「一撃で致命傷となるほど強く殴れば、殴った本人はどうなります？」

「場合によっては拳を痛める」

まるで誘導尋問のように石堂を追いつめる享を不審げに見ていた荒木が、次の享のひと言でキレた。

「その包帯を取って、拳を見せてもらってもいいですか？」

「おい！　あんた、どういうつもりだよ⁉」

「いえ、任意です。拒否することも出来ます」

石堂は苦笑いをした。

「なるほどなあ。犯人は宮坂さんを一撃で撲殺したわけだ。で、きみは私がそれをやったんじゃないかと疑ってる」

「そうじゃないということを確かめたいんです」

石堂はゆっくりと包帯を外して、その下に隠れていた爛《ただ》れた皮膚を見せた。

「ゆうべ熱いコーヒーをこぼしちゃってねえ」

ジムを出たところで右京が享に訊ねた。

「なぜあんなことを訊いたのですか？」

「訊いちゃいけないんですか？」

「ぼくは理由を訊ねています」

享が答えた。

「杉下さんがアリバイを訊ねた時、石堂さんは『うちのジムに犯人がいると思ってるの？』と聞き返した。ニュースで宮坂さんの死を知ったんなら、こう訊ねるんじゃないですか？『宮坂さんは自殺じゃないんですか？』って」

「おや、きみも気づいてましたか」

「一応、警察官ですから」

享は内心得意げに笑って答えた。

警視庁に戻ったふたりはその足で鑑識課を訪ね、ビルのエレベーター内に設置された防犯カメラの映像を米沢に見せてもらった。すると宮坂の死亡時刻の前後の映像に、気になる男が映っていた。

「この人は？」

右京が訊ねると、米沢が答えた。

「ああ、この男性は一階から宮坂さんの部屋がある五階まで行って降りて、一分ほどしてまたエレベーターで帰ってますねえ。しかしこの男性、宮坂さんが投げ落とされる十五分も前に帰っちゃってますよ」

右京が呟く。

「この男性、一分の間何をしていたのでしょうねえ」

エレベーターの防犯カメラに映っていた男はビルを管理している〈ロイスエステート〉の社長、柳田康夫《やなぎだやすお》だと、管理人の下田の確認を得た右京と享は、早速その会社に赴いた。

会社はかなり羽振りが良いらしく、秘書に通された社長室はゆったりと広く、調度も高級なもので揃えられていた。

「どうぞ、おかけください」

ふたりにソファを勧めた柳田は自分も一旦座ったものの、立ち上がってデスクのノートパソコンを閉じ、再びふたりに対面した。

「早速ですが、昨晩、なんの用であのビルへ？」

訪問の理由を告げた後、享が単刀直入に訊いた。

「亡くなった宮坂さんを訪ねてたんです」

「ところが一分ほどで帰られている」と右京。

「実は七時に部屋に行く約束だったのですが、踏切の故障とかで道が渋滞して、結局四十分も遅れてしまって……」

「俺もその踏切の故障、引っかかりました」

享が昨夜を思い出して言った。

「彼には電話で遅れてると連絡しておいたんですが、部屋に着いて何度チャイムを鳴らしても応答がない。それで仕方なく帰ったんです」

「そうだったんですか」

享が相槌を打つと、柳田は遺憾《いかん》の意を表した。

「いやあ、あんなことをするほど彼が思い詰めていたとは……」

すると右京がまったく違った方向から切り込んできた。

「スポーツがお好きなんですねえ」

「え？」

「こちらの部屋にある雑誌、全てスポーツ関係のものですね」

「ああ、私、スポーツ観戦が趣味なんですよ」

右京が訊ねた。

「では、荒木淳さんというボクサー、ご存じですか?」

「ええ。ボクサータイプのいいボクサーです」

柳田は目を細めた。


「柳田さんも不思議な人ですねえ」

特命係の小部屋に戻ったところで、右京が享に言った。

「どこがです?」

「わざわざ遅れるとまで電話して宮坂さんの部屋に行ったのに、インターフォンの応答がなかったからといってさっさと帰ってしまう。普通、携帯に電話しませんかねえ。今、着きましたよ、とか」

「そういやそうでしたね」応じた享が、妙な提案をした。「じゃあ、怪しい人物がふたりいるので手分けしますか」

「はい?」

「俺はこっちへ行きます」と右京に紙を手渡すと、「杉下さんはもうひとりの方をお願いします。じゃあ、お先に!」と飛ぶように小部屋を出て行った。紙を広げた右京は、「ほう」と驚いた。それは〈喜多方ボクシングジム〉のジム生募集のチラシだった。

そのようにして、享のジム通いが始まった。

三

「ったく、むかつくなあ。試合前の大事な時に」

エアロバイクを必死で漕いでいる享を見て、山村が憤《いきどお》りを露わにすると、石堂がなだめた。

「気にするな。ほっとけば音を上げて帰るさ」

一方、享と顔を合わせた荒木は皮肉交じりに話しかけた。

「元ボクサーは手に包帯巻いてただけで人殺し、ってか」

享は汗を拭きながら応えた。

「こっちは疑うのが仕事なんだ。そっちが殴るのが仕事なのと同じようにな」

「殴るのが仕事ね。ボクシングなんてまともな奴がやる仕事じゃない……そう思ってんだろ」

「別に俺はそんなつもりじゃ……」

言い訳をしようとする享を荒木が遮った。

「そう思ってりゃいい。そういう目で見てる奴らがいるっていうのは事実だからな」そこで荒木はバッグからチケットを一枚出して享に渡した。「試合を見に来い。俺はリングでボクシングがどんなにすごいものか見せてやる」

背中を向けて立ち去ろうとした荒木を、享が呼び止めた。

「ちょっと待てよ。入会したんだから教えろよ」

「少しやってたのか？」

「まあな。警察学校の時にな」

「いい度胸じゃない」

そこに山村と一緒にやってきた石堂がドスを利かせた声で享に迫った。

「おい、試合前の選手に何言ってんだよ。帰れよ」

すると意外にも荒木が受けて立った。

「いいじゃないすか。少し休むから見てやるよ」

そう言って一旦ロッカールームに引き揚げる荒木の背中に、石堂が怒鳴った。

「荒木、何イラついてんだよ！」

山村を相手にミット打ちとサンドバッグ打ちを続けざまに終えた享が、へたばりそうな声で独りごちた。

「ああ！　いま俺、スポ根の主人公っぽくね？」

その様子を見ていた石堂が、背後から、

「警察クビになったらうちに来るといい。タダで雇ってやるよ」

と声をかけて去って行った。

「へへへ。タダじゃダメでしょう」

紅潮した顔で天井を仰いだ享に、荒木がタオルを投げてよこす。

「日頃から好きに飲み食いしてんだろう。基本がなまってる」

「食い物ぐらい好きに食わなきゃ人生つまんねえだろう」

そのタオルで汗を拭う享を、山村が諭す。

「正しいボクサーは決して暴食はせず、酒、タバコは一切やらない。日頃から体を鍛えるべく駅なども必ず階段を使う。これ、石堂さんの鉄則」

「必ず階段? それ、石堂さんもか?」

「言ってる本人がやらなくて、どうするよ?」

捨てぜりふのようにそう言って、荒木が去って行った。

「なるほど。犯人がボクサー、あるいは元ボクサーならば、宮坂さんの部屋へ行くのも習慣的に階段を使うというわけですね」

享から携帯電話でその話を聞いた右京が頷いた。

——ええ。だから、エレベーターの防犯カメラには映ってなくてもおかしくないんです。

するとと右京がいきなり訊いてきた。

「ところで、トレーニングの方はいかがですか?」

――え? ああ、順調っすよ。

「そうですか。では、のちほど」

そのひと言のみで一方的に携帯を切られた享は「ああ、ったく! そっちは何やってんだよ」と毒づいた。

右京がその電話を受けたのは、喫茶店で待ち合わせたスポーツ記者の松井の面前だった。

「失礼しました。すみませんねえ、お呼び立てして」

「いやいや、ゴールデンボーイのことだったらなんでも訊いてくださいな」

右京のおごりで運ばれてきたゴテゴテのフルーツパフェに嬉しそうにスプーンを立てながら、松井が言った。

「早速ですが、〈ロイスエステート〉の柳田さんが、荒木さんの援助に乗り出したそうですねえ」

「うーん。まあ、荒木は幸運ですよね。大手のジムならともかく、喜多方ジムみたいな小さなジムは経営だけでもかなり大変ですからね」

「そうですか。ちなみに、このような援助というのは、柳田さんにとって利益になるものでしょうか?」

「短期的には無理ですね。ただ、取材の時に荒木から聞いたんですけどね、柳田さんはしばしばボクシング好きの実業家を招いては、荒木に紹介してたみたいっすよ。後援者を募るつもりだったんでしょう。まあ、今回の世界戦だって荒木が勝つって評判ですからね」

「なるほど」

右京は意味深な表情で頷いた。

リング上で荒木が倒れた。ヘッドギアを着けて山村とスパーリングをしている最中だった。荒木のパンチが山村の顔面に当たる直前だったが、倒れたのは山村ではなく荒木の方だった。意識を失った荒木をとりあえず事務所に運び、ソファに横たわらせた。医者を呼んで応急手当をし、額に氷のうをあてて介抱しているうちに、荒木の意識は戻った。

「おい、とにかく水」

享が荒木の口元にペットボトルを差し出そうとすると、山村が怒鳴った。

「余計なことすんなよ!」

「え？　まさか、水も飲めねえのか？」

驚く享の傍らで、様子を見ていた石堂が言った。

「水が一番体重が増える。減量、また無茶したなあ。胃袋が空っぽだって医者が言ってたぞ」

享が深いため息を吐いた。

「そこまでして、なんでこんなきついことすんだ？　飯は食わねえわ、体はきついわ、金になんねえわ……どうして？」

それを聞いた荒木がゆっくりと体を起こして言った。

「ボクシングってのは、最も美しくて残酷で、奇跡的なスポーツなんだ。限界まで打って打たれて、リングに這わされても、瞬《まばた》きするくらい一瞬のたった一発のパンチが全てをひっくり返すこともある」

「〝美しくて残酷で奇跡的〟か……」

享が口のなかで確かめるように繰り返すと、石堂が付け加えた。

「昔、あるボクサーがこう言ってた。〝確かに神様はいる。だが神様は死に物狂いで努力した人間しか助けてくれない〟ってな」

荒木が事務所の壁に掛けてある、元チャンピオンたちの肖像写真を指した。

「あそこにいるのが、その神様に愛されたボクサーたちだ。みんなから尊敬されたチャンプが死んだ時には、試合の前に追悼《ついとう》のテンカウントを鳴らすんだ。子供の頃そいつを見て、あんなふうに送られる立派なボクサーになりたいって思った」

そう言い終わるとまた虚ろな目をした荒木を心配して、享が申し出た。

「おい、大丈夫か？　なんなら家まで送ってくぞ」

「余計なお世話だ」

はねのけた荒木に、享はつれない声で応じた。

「あっ、そう。じゃあ勝手にしろ」

ちょうどその頃、右京は再び柳田の会社を訪れていた。昨日、社長室に大事なメモリーチップを忘れてきてしまった、というのが口実だった。あいにく柳田は外出中で、応対に出た秘書が「夕方には戻りますが……」と困惑した顔で言った。

「ああ、困りましたねえ。捜査上、詳しいことは申し上げられないのですが、夕方ではとても間に合いません。困っちゃいましたねえ……」

秘書は右京の芝居にまんまと引っかかった。

「では、お帰りになる際、お声をおかけください」

「そうですか？　すぐに済ませますので」

秘書が扉を閉めて出て行くと、右京は柳田のデスクに走り寄り、パソコンを開いて閲覧履歴を見た。昨日訪問したときに、柳田が急いでパソコンの画面を伏せたのを、右京は見逃さなかったのだ。

四

右京が得た情報を元に、隣の組織犯罪対策五課が動いた。柳田のパソコンの閲覧履歴にあった〈YJKパートナーズ〉に賭博場開張等図利《とり》容疑でガサ入れを行ったのだ。

警視庁に戻り、たっぷりと押収してきた資料を調べるのを右京と享も手伝った。組対五課の課長、角田六郎によると、〈YJKパートナーズ〉というのは表向きは経営コンサルティング会社だが、その実態はスポーツ賭博の元締めで、バックについているのは、あの泣く子も黙る山神辰巳《やまがみたつみ》が束ねる桜心会《おうしんかい》だというのだ。

それまで意味もわからずにガサ入れに同行し、資料漁《あさ》りまで付き合わされて食傷気味だった享が、それを聞いて声を上げた。

「桜心会⁉　マジっすか？」

角田が受ける。

「マジっすよ。〈YJKパートナーズ〉は桜心会の大きな資金源のひとつでな。で、野球にテニス、相撲にゴルフ……まあ、あらゆるスポーツを賭けの対象にしてきたのよ」

それでようやく享も合点がいった。

「柳田があんなに何種類もスポーツ雑誌を持ってたのは、スポーツ賭博をやっているからとか？」

右京が答える。

「極めて高い可能性ですねえ。そちらの資料、拝見出来ますか？」

右京が対面で資料と首っ引きの角田の部下、小松真琴に声をかける。

「あっ、どうぞ」

小松から右京に渡された資料を見て、角田が声を上げた。

「ああ、荒木淳の世界戦の賭けも始まってるねえ」

「荒木・勝利……えっ⁉ うわっ！ すごい人気っすね」

同じく部下の大木長十郎がその資料を覗いて驚いた。

「ああ、裏でこんな大金が動いてるなんてなあ。知らぬは本人ばかりなりってか」

角田がため息を吐いた。

荒木の試合が賭博の対象となっていることを知った享は、資料調査を途中で抜け出して荒木の安アパートを訪ねた。すると玄関先でドアを閉める石堂と鉢合わせた。

「ひょっとして、あんたも荒木が心配で来たのか？」

訊かれて咄嗟に答えに詰まった享は、照れ隠しに言った。

「違います。俺はちょっと通りかかっただけです」

結局、享は荒木の部屋に寄ることなく、闇夜のなか近くの川べりの小道を石堂と肩を並べて歩いた。

「石堂さん、いつ頃からあいつのこと教えてるんですか？」

享が訊ねる。

「うちに来だしたのは、小学校の四年生ぐらいだったかなあ」

「ああ、そんな子供の頃から」

「家に金がないこと知ってたんだな。ジムの入り口辺りからじーっとボクサーの動き見て覚えては真似してた。あんまり毎日来るんで、ジムの掃除をする約束で教えてやることにしたんだ。そしたら次の日から毎日、日の出と一緒に掃除しに来られて参ったよ」

それを聞いて享が笑った。

「ありえねえガキだな」

その時、享の携帯が着信音を鳴らした。

「すいません。ちょっと仕事なんで失礼します」

享は石堂に断って携帯に出た。相手は右京だった。

――すぐに柳田社長のオフィスに向かってください。彼はスポーツ賭博の常習であることがわかりました。それから新規顧客リストの中に、宮坂敬一の名前もありました。

「え？　宮坂さんもスポーツ賭博を？」

亨が声を上げた。

――詳しいことは向こうで。ぼくもすぐに向かいます。

「わかりました。じゃあ、柳田さんのオフィスで」

立ち去る亨を、石堂が近くの木陰から窺っていた。


右京たちより先に柳田の会社に着いた亨は、もぬけの殻の社長室に佇《たたず》んでいた。

「杉下さん！　俺が来た時にはもういませんでした」

小松と大木が段ボールを手にした部下に、ガサ入れの指示を与えた。右京が言った。

「柳田社長はスポーツ賭博にはまって、胴元から二億近い金を借りていたようです。しかも、返済期限は来月」

亨が応えた。

「バックは桜心会です。金返さなかったらマジ殺されますよ」

「ええ。つまり柳田社長は、荒木さんを援助するような状態ではなかったということです」

そのとき、右京は壁に掛けられた油絵の額が傾《かし》いでいるのに目を留めた。裏に手を突っ込んでみると、書状が一枚隠されていた。借金の契約書だった。

「荒木のだ」

亨の言うとおり、借主の欄には荒木の署名があった。

「なるほど。これで全てが繋がりました」

そう言った右京の目の先――柳田のデスクの上に飲みかけのコーヒーの入ったマグカップが残っていた。カップに触れてみるとまだ温かかった。柳田はついさっきまでこの部屋にいたのだ。右京はふと悪い予感がして亨に訊ねた。

「カイト君、きみ、ここに来ることを誰かに話しましたか？」

「いいえ」右京に答えた亨は、しばし考えて思い至った。「ひょっとして……」

五

亨の勘は当たっていた。右京とともに〈喜多方ボクシングジム〉を訪れた亨は、誰もいない暗いリング脇で、茫然と座っている男の背中に声をかけた。

「石堂さん」

石堂は無言のまま事務所を指した。右京と亨が事務所に走って行くと、床の上で柳田が頭から血を流して死んでいた。傍らにはダンベルが転がっていた。右京は携帯を出し、捜査一課に連絡を入れた。

石堂は亨の電話を盗み聞き、情報を与える代わりにジムに柳田をおびき寄せ、背後からダンベルで殴って撲殺したのだった。

「なんで！　なんでこんなことをしたんですか？　石堂さん」

リング脇に戻った享が詰め寄る。すると右京が言った。

「柳田と宮坂、ふたりの狙いは荒木さんだったんですね？」

「どういうことなんですか？」

享が右京に訊いた。

「柳田は宮坂が荒木さんの先輩だと知って、ある計画を思いついたんです。柳田同様、金に困っていた宮坂は、すぐにその計画に飛びついた。そういうことですね？」

石堂が虚空を見つめたまま言った。

「宮坂は親身な先輩のふりをして、柳田を紹介してくれた。最初にそいつを疑うべきだったんだ」

右京が言葉を継いだ。

「柳田の真の目的は、日の出の勢いのゴールデンボーイを脅迫して、世界戦でわざと負けさせる。つまり、八百長を仕組むことです。その八百長の情報を胴元に流せば、柳田の借金は帳消しになる。一方、宮坂は大人気の荒木さんが負ける方に賭けて、大金を手に入れるというわけですよ。石堂さん、宮坂を殺したのは荒木さんですね？」

そこで右京は内ポケットから荒木の署名が入った借金の契約書を出して示した。

「これが柳田たちの脅迫のネタですね？」

享が訊ねる。

「石堂さん、荒木はなんのために一千万なんて大金を借りたんです？　それも桜心会のトップから」

石堂は憤りを抑えた声で答えた。

「荒木は誰からも一円の金も借りちゃいない」

「だったら、どうしてこんなものがあるんですか？」

享が右京の手から契約書を奪った。

「事件があった日、荒木は柳田から話があるから宮坂の部屋に寄るように言われていて、そこで初めて自分がはめられたことを知ったんだ」

石堂は荒木がどのようにして騙《だま》されたかを語った。荒木は育ててもらったジムの経営難を苦にして、宮坂を通じて柳田を知った。そしてふたりは荒木に桜心会のボス、山神辰巳を実業家と称して紹介し、荒木の将来に投資する、という有り難い言葉とともに荒木に一千万円を貸す約束を取り付けた。ところが喜んだのも束の間、あの夜、宮坂に呼び出された荒木は、山神がすぐに返して欲しいと言っている、と告げられたのだ。あの金はそういう話じゃない、と言い返す荒木に、宮坂は契約書を突きつけて冷たく言い放った。

──一千万借りたのは事実だよね？　なあ、淳。ゴールデンボーイが桜心会のトップから一千万の金借りたって知れたら、おまえ、大騒ぎだよ。

荒木は驚いた。

──桜心会？　あの人は柳田さんが紹介してくれた実業家で……。

それを聞いた宮坂が嘲笑《ちょうしょう》した。

──経済的な事業を営む人は、みんな実業家っていうんだよ。

そうして一転、荒木に優しい声で語りかけた。

──大丈夫。柳田さんも俺も山神さんも、ことを大っぴらにしようなんて思っちゃいないよ。その代わり、来週の世界戦でわざと負けてほしいんだ。

荒木は我が耳を疑った。

──宮坂さん、本気で言ってんですか？

宮坂はことも無げに答えた。

──リングに寝転がって目をつぶって十数えるだけだろう。

荒木は思い詰めた顔で叫んだ。

──ボクサーはわざと負けたりなんか出来ません。俺たちは勝つためにリングに上がるんです！　俺たちの全部は、その時のためのものなんです！

──そう熱くなるなって。

――俺、帰ります。

背中を向けた荒木に、宮坂はとうとう本性を現した。

――おい！　誰が帰っていいっつったよ。ボクシングなんぞ、もともと殴り合いの見世物だろうが。八百長ぐらいでガタガタ言っててんじゃねえよ！　てめえ！　なめてんのか！

左手を掴まれた荒木は振り返り、反射的に右のパンチを宮坂に浴びせた。一発で倒れた宮坂に、我に返った荒木が語りかけた。

――すいません。腕は商売道具だから……宮坂さん。

返答のない宮坂に異常を感じた荒木は動転した。宮坂は倒れた拍子に頭を柱にぶつけ、そのまま死んでいたのだ。

右京がその後に起こったことを推論してみせる。

「恐怖と混乱で荒木さんはその場から逃げ去った。そのあとに柳田がやって来た。柳田が宮坂の携帯に電話をしなかったのは、する必要がなかったからです。柳田は鍵のかかっていない扉から部屋に入り、宮坂の撲殺体を発見した。その途端、そこで何が起こったのか悟ったのでしょう。柳田はこれ以上ない恐喝のネタを掴んだことを知った。そこで、すぐさま柳田はエレベーターを使ってロビーに降り、帰ったように見せかけて、階段を使い再び部屋に戻り……パソコンで偽の遺書を打ち、宮坂をベランダから投げ落とし、血痕を拭き取って自殺に見せかけた。ちょうどそこにカイト君がやって来た。柳田は一旦、洗面所に身を隠し、その後、隙を見て逃走。翌朝、宮坂転落死のニュースを聞いて、一番驚いたのは荒木さんでしょう」

石堂が首肯した。

「柳田は、あの朝すぐに荒木を脅迫してきた。事件の夜、ロードワークから戻った荒木は普通じゃなかった。荒木を守ってやれなかった。全て俺のせいなんだ」

全てを聞いた享が石堂に問うた。

「どうして荒木に自首させなかったんですか？」

「遅かったんだ。わかった時には」

「遅かった？」

「荒木はもう十分に苦しんだよ」

石堂の言葉の意味するところを、享はすぐ後に知ることとなった。

六

荒木が自分の安アパートで毒を飲み自殺していたことは、現場にかけつけた捜査一課の三浦から右京が携帯で聞いた。

「あいつが自殺なんて、そんなのありえないっすよ！　だって……今日だって、すげえ練習してたじゃないっすか。ほら、これ。見に来いってあいつ、俺にくれたんすよ」

衝撃を受けた享は、悲愴な表情でポケットから世界戦のチケットを出して見せた。石堂が静かな声で言った。

「スパーをやった時、あいつは自分が何を失ったか気づいたんだ。拳で人を殺したことで、人に拳を向けられなくなっていたんだ。あの時、荒木はもう二度とリングに立てないと悟ったんだ。意識が戻ったあと、あいつは追悼のテンカウントの話をした。その時の顔が、妙に頭から離れなくてね。それで心配になって……」

石堂が今夜、荒木の安アパートを訪れたのはそういう訳だった。合鍵の隠し場所を知っていた石堂が、差し入れの食べ物を手に部屋に入ると、ベッドに横たわり、口から血を吐いて死んでいる荒木を見つけた。枕元には〈ジムのみなさんへ〉と書いた封筒と〈石堂さんへ〉と書いた封筒がきれいに並べて置かれていた。

石堂はズボンのポケットから自分に宛てられた遺書を出して、右京に渡した。そこにはこうあった。

〈長い間、本当にお世話になりました。俺にとってボクシングが人生のすべてでした。チャンピオンになること、ただその一点に俺の全部が向いていました。けど、もうボクサーとして生きていくことは出来なくなりました。柳田にスポンサーとして紹介された山神という男に、ジム再建の為、大金を借りました。しかし実は、山神はやくざでした。

宮坂はそれをネタに脅してきました。俺は殴って殺してしまいました。もちろん殺すつもりはありませんでしたが、結果は同じです……〉

「あなたはこの遺書で全てを知ったんですね？」

石堂は怒りに声を震わせて言った。

「あいつら、金のためにひとりのボクサーを殺したんだ」

それを聞いた右京が、それ以上の怒りを込めて石堂を叱った。

「確かに彼らのしたことは罰せられるべきです。しかし、罰するのはあなたではありませんよ！」

茫然とした石堂の脇で、享が涙を浮かべて独り言のように言った。

「あいつ、必死にボクシングを守ろうとしてたんだ……」

涙の向こうに、チケットを手渡したときの荒木の顔、真剣な表情でスパーリングをする荒木の姿が浮かんだ。

やがて捜査一課の三人がやってきて、石堂を連行していった。立ち去る際、石堂が享を振り返った。

「騙して悪かったな」

ロープにもたれた享は、石堂の顔を見ることが出来ずに応えた。

「すいませんでした。俺、そばにいたのに……なんにも出来ませんでした。もっとなんか……」

その享の背中に、石堂が優しい声をかけた。

「ありがとう」

享はそこで初めて振り返り、石堂の目を見つめた。

「じゃ、行こうか」

伊丹に促され、石堂はジムを出て行った。

享は手にしたチケットを大事に内ポケットにしまい、右京に言った。

「覚えておきたいんです。何も出来なかったこと」

数日経って、右京は甲斐峯秋に警視庁近くの公園に呼び出された。公園のなかの道を歩きながら、峯秋が吐き捨てるように言った。

「あのバカの手落ちで犯人には自殺され、新たな犠牲者まで出したそうじゃないか。あれが息子だなんて時折、忘れたくなるよ」

右京がやんわりと言い返した。

「都合が悪くなると、忘れてしまいたいですか」

少々むっとした峯秋は、苦笑しながら言った。

「人間とはそうしたものじゃないかねえ?」

右京が再び言い返した。

「差し出がましいようですが、彼はそうではないと思います。彼は少なくとも自分の無力さを忘れようとする人間ではないと、ぼくは思いますが」

しばし右京の言葉を心の中で転がしていた峯秋が呟いた。

「償えもしないことを忘れないでいる。あいつらしいかもしれんな」

第四話「バーター」

一

羽田空港付近の空き地で男性の遺体が見つかった。鈍器による撲殺らしかったが、現場の状況からみて殺害現場はそこではなく、どこか別な場所で殺され、運ばれたようだった。財布は手付かずだったことから、物盗りではなさそうだった。運転免許証も社員証もあり、遺体の身元はすぐ割れた。内藤肇《ないとうはじめ》、四十七歳。勤め先はNIA、大手航空会社だった。


「NIAですか」

「うわっ！」

翌朝、登庁した警視庁特命係の甲斐享は、スマートフォンでそのニュースを見ているところへ、突然上司の杉下右京に背後から声をかけられ、肝を潰した。

「びっくりした……おはようございます」

「きみのお知り合いの女性、確かNIAの方でしたねえ。NIAのニュースは気になるでしょうねえ」

「殺人事件のニュースだから見てたんです。刑事課にいたら自分が捜査してたかもって」

亨は心外そうな顔で応えた。

「しかし、今は不本意ながら特命係にいる」

上司のジャブに、亨はすかさず〃いけず〃な反応を示した。

「あー、不本意だって伝わっちゃいました？　まあ、勤務中に朝から携帯いじってれば伝わっちゃいますよね」

右京はそれを物ともせずに、話題を移した。

「構いませんよ。ちなみに殺されたのは誰でしょう？」

「えっと……」

亨がスマートフォンの画面をスクロールしていると、右京が思い出したように言った。

「ＮＩＡといえば、確か経営悪化による赤字路線の廃止と大量解雇に踏み切った会社でしたねえ」

「ああ、そんなこともありましたね」応えつつ、亨は該当個所を読み上げた。「『内藤肇さん四十七歳。内藤さんは人事部所属の空港職員で……』」

そこで右京が被害者の名を口にした。

「内藤肇」

「ええ」答えつつ、亨はその先を続けた。「『警視庁は何者かに殺害された可能性が高いとの見方を示し捜査を開始した』」

読み終えたところで振り返ると、右京はもうそこにはいなかった。

「あれ？　どうもリズムがつかめねえな……」

亨はため息を吐いて立ち上がった。


捜査一課の伊丹憲一、三浦信輔、芹沢慶二の三人は、早速その事件の捜査に乗り出していた。まずＮＩＡの本社を訪ねた三人は、渉外《しょうがい》担当の栄田《さかえだ》に面会して被害者の内藤のことを訊いた。栄田は壁に貼られた会社のグループ機構図を示しながら内藤の仕事を説明した。

「どこの航空会社でも空港の地上職はグランドスタッフと言われ、グループ会社や派遣会社に委託してるのが現状です。発着カウンターから整備までいる外部のスタッフを空港で管理するのが内藤さんの仕事です」

「その仕事、入社してからずっとですか？」

伊丹が訊ねる。

「いえ、まだ二年のはずです」

「じゃあ、その前は？」

三浦が訊くと、栄田は記憶を探りながら答えた。

「確か、旅客営業にいたはずですが、その頃はほとんど仕事をしてなかったんじゃないかな。組合で」

「組合？」芹沢が聞き返した。

「ウチ、二年前、いろいろあったんで……」

栄田が言いにくそうに答えると、三浦が伊丹と芹沢に小声で言った。

「あったろう。大量解雇したりとか給与をカットしたりとか」

頷いた伊丹が重ねて訊ねた。

「その時、内藤さん、組合で何してたんです？」

「労働組合の中央委員長です」

「そんな人がなんで今、人事部所属なんです？」芹沢は訊いておきながら、栄田の困惑した顔を見て口に手を当てた。「ん？　なんか答えられない質問しちゃいました？」

「まあ、ある意味、会社の功労者ですからね」

栄田はひと言だけそう答えた。

右京を追いかけた享は、鑑識課へ向かう廊下で捉《つか》まえた。どうしたのかを訊ねると、内藤肇という名前を聞いて思い出したのだという。

「組合の委員長？」

「ええ。ＮＩＡ関連の報道で名前を見たことがありました」

それを聞いて享は驚いた。

「見たことあるだけで名前を覚えてたんですか」

「いけませんか？」

「いや、いけなくはないですけど……なんで彼が気になったんです？」

「先ほどのネットニュースに、内藤さんは今、人事部所属とありました」

「あ！　組合のトップで人事部所属……」

享もそれに気がついた。

「ええ。それで気になりました」

鑑識課の部屋に着いたふたりは、米沢守から被害者の携帯電話の発信履歴を見せてもらった。発信先には個人の名前のほか、〈CAB〉やら〈BULK〉などというアルファベットの略号、それに〈SSラウンジ〉とか〈AP佐久間《さくま》〉など略号と名詞や名前が組み合わさったものが並んでいた。

「航空会社の専門用語でしょうかねえ？」

右京が首を傾げると、享が即座に答えた。

「ああ。これ、空港で働くスタッフの略称ですよ、きっと。この〈コンシェル高堂《たかどう》〉は、たぶんVIP専用のコンシェルジュですね」

「CAさんとお知り合いだけあって詳しいですねえ」

右京が感心すると、米沢が意外なところに反応した。

「キャビンアテンダントとお知り合いなんですか？」

「ええ、まあ……」

「ならばすぐに合コンを設定して……しかし、今帳場が立ってる最中だからな……事件が解決したらすぐに連絡します」

目を輝かす米沢を、享は胡散臭《うさんくさ》そうな目で見返した。

「勝手に合コン話を進めないでください」

そんな遣り取りを他所に、右京がリストを指した。

「これ、気になりませんか？〈AP佐久間〉」

「AP……なんの略でしょうね？」

それは享にもわかりかねるようだった。右京が独特の分析を披露する。

「この手の表示には二パターンあります。ひとつが〈CAB〉〈BULK〉〈SSラウンジ〉。このように職場の略称と思われるタイプで全てが固定電話の番号です。もうひとつが〈PA斎藤《さいとう》〉〈GH村井《むらい》〉。このように、略称プラス個人名と思われるタイプ。こちらは、ほとんどが携帯電話の番号ですねえ」

「ほとんど？」米沢が聞き返す。

「この〈AP佐久間〉だけ固定電話なんですよ」

「だから気になるんですか？」

訊ねる享を、右京はじろりと見た。

「細かいことが気になってしまう。ぼくの悪い癖」

二

捜査一課の三人は、次にＮＩＡの労働組合の部屋を訪ねてみた。そこにいる常任委員に、栄田から聞いた〈会社の功労者〉という言葉をぶつけると、

「冗談じゃない。内藤は裏切り者ですよ」

という答えが返ってきた。常任委員によると、二年前に大量解雇を生んだのは会社の提案を簡単に受け入れた内藤の責任だというのだ。

「すると内藤さんを恨んでる人、結構いそうですね」

三浦が訊ねると、常任委員は即答した。

「ええ、いますよ」

「いる。誰ですか？」

芹沢がメモの用意をする。

「解雇された人、給与カットされた社員、報酬カットされた役員、年金カットされたＯＢ……数千人はいますよ」

その答えを聞いて、三人はガックリと肩を落とした。

鑑識課の部屋では、享が米沢のパソコンを借りて、被害者の所持品のカメラに収められた画像を見ていた。そのほとんどが写真としては無味乾燥な物撮《ブツ》りをしたものだったが、なかにひとコマ、真っ黒な画像があった。

「ん？」

享が首を傾げたのに気づいた米沢が、パソコンを覗き込んだ。

「ああ、カメラは電池が切れかかってましたから、おそらく電源が入れっぱなしになってたんでしょうな」

たぶんポケットのなかなどでシャッターが切られたのだろうと米沢が言った。

その時、所持品を調べていた右京が声を上げた。

「この手帳、気になりませんか？」

享と米沢が近づいてきた。NIAの社員手帳なのだが、不思議なことに今年の手帳に去年のカバーをかけて持ち歩いていたらしい。首を傾げるふたりに右京はさらに手帳を開いて訊ねた。

「ところで、こちらも何かの略称と個人名でしょうかねえ？」

右京が指したところには、〈2010.5. Barter　潮〉とあった。

「〝バター　潮《しお》〟」

と読んだ享を右京が訂正した。

「〝バーター〟ですね」

「ああ」

くすっと笑った米沢が、その日付に注目した。

「2010って二年前の予定でしょうかね？」

「ええ。にもかかわらず、今年のメモのあとに書かれています」

その上には〈9.21 Fri〉〈10.2 Tue〉と日付が打たれたメモが記されていた。

「どうしてそんなことわかるんですか？」

米沢が訊ねる。

「九月二十一日金曜日、十月二日火曜日……これ、確か今年の日付ですよ」

右京に言われて米沢はカレンダーの前に走った。

「あ、確かに今年のですなあ！」

米沢は右京の記憶力の凄まじさに驚愕《きょうがく》した。

「ええ。なぜ今年のメモのあとに二〇一〇年のメモが書かれているのでしょう」

「バーターって、抱き合わせとかっていう意味ですよね」

享が口にすると、右京が多少の修正をした。

「ええ。一般的にはそう解釈されていますねえ。しかし、英単語として考えれば物々交換の意味です」

「物々交換……ホントなんでもよく知ってますね」

享が感心すると、右京はことも無げに言った。

「この程度の単語は警察官採用試験を受けた者なら……」


「最低限知っていなければならないはずのものです、って。こうだよ」

その夜、笛吹悦子のマンションを訪れて夕飯の支度をしながら、享は憤慨交じりに右京のことを報告した。

「アハハ！　やっぱ、おかしな人だよね、享の上司」

「あの人と何年も続いた人がいるなんて信じらんねえよ」ぼやいてみせた享は、懸案のメモを取り出して、「これ」と悦子に見せた。

「ああ。〈CAB〉は国交省の航空局。〈BULK〉はバラ積み貨物室のこと。で、〈SSラウンジ〉はNIAスカイサービスのラウンジ」

「この〈AP佐久間〉のAPって？」

翌朝、登庁した享は、早速右京に昨晩の成果を披露した。

「これはエアポートポリスの略です」

「エアポートポリス……空港警察ですか」

「いえ、空港内の〈日邦《にっぽう》警備保障〉です」

「つまり、民間の警備会社。そこの佐久間さんってことでしょうね」

右京が頷いたところに、隣の組織犯罪対策五課の角田六郎が、パンダのついたマイカップを手に小部屋に入ってきた。

「暇か？　アンド、コーヒーね」そう言ってコーヒーサーバーを手にした角田ががっかりした声を出した。「なんだよ、コーヒーないじゃん！」

「知りませんよ」

邪険に応える享に角田が抗議した。

「作っておくのが特命係の仕事だよ」

享が右京に訊ねる。

「そんな仕事ないですよね」

「ありますよ」

「え？」

「お願いします」

「はい」

角田はにっこりとしてサーバーを享に手渡した。右京が話を戻す。

「しかし民間の警備会社ならば、エアポートセキュリティー、つまりASではありませんかねえ」

「いえ、この会社は警察官僚の天下り先なんで、業界内ではAPって呼ばれてるみたいですよ」

「さすが、親しいCAさんがいると詳しいですねえ」

右京が感心すると、角田もまたそこに反応した。

「親しいCAさん？ 何？ 親しくしているキャビンアテンダントさんがいるのかな？」

「いますけど？」

「よし！ じゃあ、合コンだ！」

角田の目が輝いた。

「なんですか。どいつもこいつも！ 言っときますけどしませんからね、合コンなんか」

「なんだよー」

と言い合いをしている間に、右京はさっさと小部屋を出て行ってしまった。

「ちょっと、お願いします……またかよ、もう！」

享はサーバーを角田に押し付けて、右京の後を追った。

捜査一課の三人は、被害者の内藤肇の妻、裕子《ゆうこ》を自宅に訪ねた。突然夫を失った裕子は、憔悴《しょうすい》し、暗く塞《ふさ》いだ表情をしていた。その裕子によると、二年前には無言電話や嫌がらせメールなどが絶えなかったという。内藤は仕事のことは妻にはほとんど話さなかったが、夫が殺されたのもおそらく二年前のリストラを恨んでいる人物によるもの、と裕子は思っているらしかった。

「そういう人のなかでご主人と接触していたような人、誰かご存じないですか？」

芹沢が訊ねる。

「会ってたようですけど、私には……」

伊丹の目が光った。

「会ってた？　ご主人、二年前にリストラされた人と会ってたんですか？」

内藤はリストラされた社員の再就職先を調べて連絡をとり、面会を重ねていたという。それもひとりではなく何人もいたようだった。

「潮弘道《うしおひろみち》……ああ、この〈潮〉ですか」

右京がパソコンでアクセスした人事ファイルから抜き出したプロフィール画面を見て、享が訊ねた。

「ええ。ぼくのバーターの推理が正しければですが」

「どんな推理です？」

「はい？」

「いや……杉下さん、俺と会ってから何度か事件を解決してるじゃないですか。正直、興味あるんですよ」

　素直に認める享を、右京はジロリと見た。

「そうですか」

「いけません？」

「いいえ。いいですか？」

「どうぞ」

　右京は自説を説き始めた。

「これを見る限り、潮さんは各県警の本部長などを歴任してきた警察官僚です」

「キャリアのエリートですね。最後は警察庁の警備局長を二年前に依願退職」

「ええ。年齢的には、まだ五十代なのに……」

「二年前に何があったんでしょうね」

　享が首を傾げる。

「警備局長といえば公安警察のトップですよ」

「ええ。それで？」

「わかりませんか？」

「わかりませんね」

そのとき、右京に監察官室から呼び出しの電話が入った。

「おや、早かったですね」

切れ味のいい推論を聞くつもりが、ますます煙《けむ》に巻かれた享をそのままに、右京は去って行ってしまった。


監察官室では、首席監察官の大河内春樹が、苦虫を嚙みつぶしたような表情で右京を待っていた。

「ご自分の職員番号で本庁の、それも局長クラスの人事ファイルにアクセスしましたね」

大河内が切り出した。

「その潮元警備局長ですが、二年前に依願退職されていますね」

「質問に答えてください」

大河内の怒りを無視して、右京が続ける。

「二年前といえば、警視庁公安部の極秘資料がネットに流れ出るという不祥事がありましたねえ」

「何が言いたいんですか」

「ひょっとすると、その不祥事の責任を負わされる形で潮元警備局長は依願退職扱いに……」

そこで大河内は右京の真意に気づいた。

「杉下さん。あなた、私からそんなことを聞き出すために、わざと呼び出されるようなことを！」

「いや、しかしですよ、もし仮にそうだとしても相手は警備局長ですからね。そう簡単に辞めさせるわけには……」

大河内の怒りも、右京にとってはまさに蛙の面にしょんべんだった。

「杉下さん、いい加減に……」

「あっ！　もしや、よい条件で天下りさせると言い含めて依願退職に持ち込みましたか」

「そんなことはさせていません」

「おや。やはり監察官は内情をよくご存じのようで」

「あなたって人は！」

まんまと鎌をかけられた大河内は、開いた口が塞がらないという様子だった。

「では、潮元警備局長は天下りではなく、警察とは全く関係のない民間企業に再就職された」

「ええ。健全な再就職先です」

「たとえばその再就職先は、ＮＩＡとか」

「そんなことまで調べて！　あなた一体……」

大河内の顔をしげしげと見た右京は、ひとりニンマリした。

「おや、当たってましたか。これで繫がりました」

「何が繫がったんですか？」

右京の運転する車のなかで、監察官室でのことを聞いた享は、ハンドルを握る右京に問うた。

「〈Barter　潮〉」

「だから、その〈Barter　潮〉と何が繫がったんですか？」

「ヒント。被害者の携帯の発信履歴」

「ヒントって……なんでクイズ形式なんですか。ああ、確か〈AP佐久間〉を気にしてましたよね。だから、〈AP佐久間〉と〈潮〉がバーターしたんですか？」

「やっとわかりましたか」

「わかりませんよ！　なんですか？」

享は苛ついた声を上げた。

三

右京と享が車で向かったのは、羽田空港のなかにある〈日邦警備保障〉の空港警備本部だった。〈AP佐久間〉すなわち佐久間勉《つとむ》は、その会社の警備担当顧問をしていたのだった。

「佐久間さんは、こちらの会社にはもう長いのですか？」

右京が切り出した。

「いえ。まだ二年ほどですが」

「もしや、二年前の五月にいらした」

「調べたんですか？」

「あっ」

享が小声を上げた。右京が〈2010.5. Barter　潮〉というメモの日付から推し量ったと気付いたからだった。

「その前はＮＩＡにいらしたとか」

「やはり調べたんですね。人事部で部長をしてました」

「では、ご存じですよね？」

右京に目配せをされた享は、内藤の写真を出した。

「内藤さんの件でしたか」

佐久間はようやく納得がいったようだった。

「その内藤さんの携帯電話の発信履歴の中に〈AP佐久間〉とありました。一介の空港職員が警備担当顧問に、どのような連絡だったのでしょう？」

「まあ、なんと言おうか……久しぶりに会おうかと」

右京は意外そうな顔をしてみせた。

「おや。個人的なお付き合いがありましたか」

「二年前は何度も交渉した仲です」

「交渉？」亨が聞き返す。

「あっちは労働組合。私は会社側で」

「ああ。NIAの人事部長と組合の委員長」亨が納得顔をした。

「それ以来、内藤さんとは個人的に親しくなりました」

「つまり会社側と労働組合側の担当者が、個人的に親しくなった」

右京の言葉に佐久間は頷いた。

「一緒に難局を乗り越えた、いわば同志です」

「そうでしたか」右京はそこで話題を変えた。「ちなみにこちらの会社ですが、数年前まで、警察の警備畑の官僚がよく天下っていたと記憶しているのですが」

「そんなことがあったみたいですね」

佐久間が他人事のように言った。

「そのような会社に、NIAにいらした佐久間さんがどうして？」

「その天下りが禁止されて、警察からの再就職がなくなったからですよ。だから、今のうちの会社は役員全員、民間からです」

「なるほど。健全になったんですねえ」

右京が感心してみせた。


空港のエスカレーターを降りながら、享が右京に訊ねた。

「その潮さんと佐久間さんのバーターが、この事件と関係してるんですか？」

「いいですか？」

「いいですよ」

右京が説き始める。

「被害者の内藤さんは、バーターの一方と連絡を取っていました」

「佐久間さんですよね」

右京が頷く。

「被害者の内藤さんは、バーターの一方をメモしていました」

「ええ、潮弘道」享はそのまま黙ってしまった右京の顔をしげしげと見た。「え？　それだけですか？」

「今のところ、それだけですよ」

肩透かしを食らった享は、右京に意見した。

「確かに気になりますけど、どうせ殺人事件を調べるならもっと核心を調べませんか？」

「おや、核心とは？」

「被害者に恨みを持つ人物。怨恨の線です」

「それは捜査一課がやってると思いますよ」

享は不貞腐《ふてくさ》れた。

「そりゃそうですけど……いいですよねえ、捜査一課」

「きみ、捜査一課に行きたいんですか？」

「そりゃ刑事を目指したからには」そこで享は思い出したように言った。「あっ！　推薦してくださいよ、上司として」

「残念ながら、ぼくにそんな力はありませんよ」

そのとき背後で享の知った声がして振り向いた。制服姿の悦子だった。右京と享は悦子をロビーの一角に誘《いざな》って、内藤について訊ねた。

「いろんなグランドスタッフと連絡取るのが内藤さんの仕事でしたから」

悦子は〝恋人の変な上司〟を前に少し緊張して答えた。

「その内藤さんですがグランドスタッフと、どのような連絡を取っていたのでしょう?」

悦子は一瞬首を傾げた。

「さあ。でもクレーム関係だと思いますけど……内藤さんの仕事は主に現場のクレーム係でしたから。空港の地上職って、今ほとんど外部に委託なんですよ。なので、それを知ってるお客様が現場で揉めると、航空会社の社員を出せって言ってくることがあるんです」

「大変なお仕事をされていたんですね、内藤さんは」

右京がしみじみ同情した。

「ええ。まあ、お客様にいじめられるだけ、みたいな仕事です」

そこで亨が横から口を挟んだ。

「ねえ、そのクレーム処理ってデジカメ使う?」

「うん。みたいね。お客様からクレームを受けた時証拠写真を撮ったりするから」

それを聞いた亨は目を光らせ、悦子を傍らの椅子に座らせて、内藤のカメラにあったデータをプリントしたものを見せた。

「その証拠写真ってさ、こういうの?」

「うん。そう」

右京も悦子の隣に座って、

「それにしても、内藤さんのことをよくご存じなんですね」

と感心してみせた。

「ＮＩＡの社員で知らない人はいませんよ」

「と、おっしゃいますと？」

右京が聞き返す。

「ＮＩＡの裏切り者って言われてる人ですから」

「おやおや」

悦子によると、二年前のその時、五百名近い社員のクビを、十名足らずの役員のクビと交換するのに同意したのが内藤だという。

「ひとつよろしいですか？」右京が人さし指を立てた。「その内藤さんですが、今年の手帳に去年のＮＩＡの手帳のカバーをして持ち歩いていました。どうしてそんなことをしていたのでしょう。わかります？」

「さあ……ああ、もう作ってないからかしら」

「作ってないとは？」

右京が聞き返す。

「あっ、ＮＩＡの手帳、今年から作ってないんですよ。あんなダサい手帳好んで使う人いませんから」

「しかし内藤さんは好んで使っていた。去年のカバーにつけ替えてまで」

「よっぽど気に入ってたんでしょうね」

享が口を挟む。

「もしくはよほど会社を好きだった」

「え？」と享。

「何しろ、かつては労働組合の委員長をしていたほどの人ですからねえ」

「えー、でも、だとしたらどうかしてますよ」

悦子が不可解そうな顔をした。

「はい？」

「だって、その労使交渉で首切り役させられて、今はクレーム処理を押しつけられて。なのにまだ会社が好きだなんて」

「その労使交渉ってさ、この人としたんだよね？」

享が先ほどもらった佐久間の名刺を見せた。

「佐久間人事部長、今ここにいるんだ。うん。この人。二年前真っ先にクビになった役員よ」

悦子が頷いた。

四

右京と享はＮＩＡ本社に赴き、渉外担当の栄田に内藤と佐久間のことを訊ねた。

「佐久間は確かにうちの人事担当役員でしたが、二年前にリストラされてます」

栄田が答えた。

「真っ先にクビになったそうですが」享が訊いた。

「ええ。それをきっかけに役員が何人も切られました」

「じゃあ、内藤さんを恨んでたでしょうね」

享が言うと、栄田がきっぱりと否定した。なぜならば、佐久間は内藤の提示した役員のリストラ案に賛成して、自ら率先して退社したからだというのだ。つまり、人事担当役員自ら範を示したことで何人もの役員が辞めることになり、一般社員も大量に解雇されるに至ったという事情らしかった。

「じゃあ、それで内藤さんと親しくなったっていうのも、あながち嘘じゃないかもしれませんね」

享が納得顔で言った。そこで右京が話題を変えて、二年前に警察庁警備局からＮＩＡに再就職した潮弘道の所在を訊ねた。すると潮は今、〈ＮＩＡクリエイト〉というグループ全体のコンプライアンスの監査やその啓蒙《けいもう》活動を担当するグループ会社の社長をしているとのことだった。

警視庁に戻った享は、早速〈NIAクリエイト〉の登記簿謄本をとって右京に報告した。

「潮弘道。やはり二年前に警察庁を辞めてすぐ、この会社に再就職しています。〈株式会社NIAクリエイト〉。確かにNIAグループのコンプライアンスの監査とあります」

「きみ、突然仕事が速いですねえ」

右京が感心してみせると、享はかたきを討ったような顔をした。

「この程度のことは警察官採用試験を受けた者ならすぐ出来ます」

「そうですか。根に持つタイプですか？」

「いえ、上司の嫌みをバネにするタイプです」

「なるほど。さてその〈NIAクリエイト〉ですが、今は天下りバーターに利用されています」

「えっ、天下りバーター？」

右京は関係を整理したホワイトボードの前に立ち、説明した。

「二年前、警察庁の潮弘道はNIAの天下り先である〈NIAクリエイト〉に再就職しました。同じ時期、NIAの佐久間勉は警察の天下り先である〈日邦警備保障〉に再就職しました」

「確かに天下りをバーターしてますね」

「ええ。警察と航空会社が天下り先を交換したわけですねえ」

その夜、行きつけの小料理屋〈花の里〉で右京と享がその話をしていると、女将の月本幸子が素朴な疑問をぶつけた。

「なんでそんな手の込んだことするんです？」

右京が答えた。

「現在、国家公務員は退職すると二年間は退職前のポストと関連する企業への天下りは事実上出来ません」

「へえー。まあ、いろいろと批判がありましたからね」

「ええ。その批判をかわすために、各省庁は天下り先のポストを民間出身者に渡す代わりに、民間の天下り先ポストを省庁のＯＢにもらう。これで見かけ上、天下りはなくなります」

「実は省庁と民間が天下り先を交換しただけですけどね」

享が付け加える。

「頭いいですね」幸子が感心した。

享は身を乗り出して右京に訊ねた。

「内藤さんは、それを知って潮か佐久間に殺された。杉下さんはそう考えてるんですよね?」

するど右京は意外な答えを告げた。

「いいえ」

「いいえ?」

「確かにバーターによる天下り隠しは反道徳的です」

「ええ、頭にきます」と享。

「しかし、今のところ違法ではありません」

「でもそれが公になったら、潮も佐久間も社会的に非難されます」

「だからといって殺人まで犯しますかねえ」

「やる奴はやるんじゃないっすか?」

右京と享の会話が行き詰まってきたところに、幸子が栗ご飯の茶碗《ちゃわん》をもってきた。

「おや、いいですねえ」

右京の頬が緩んだ。


ちょうどその頃、佐久間は自宅である男に電話をかけていた。男は低い声でこう言った。

——われわれが非難されるだけじゃ済まないよ。これが公になればわれわれのあとに続く多くの役員や官僚の再就職の道を奪うことになる。佐久間さん、あなたの肩には多くの人生がかかってる。その責任をよく考えて動いてください。そして二度とこんな電話かけてこないように。われわれは面識がないことになっているんだから。

そしてプツリと電話を切った。佐久間は顔面蒼白になっていた。

五

翌日、右京と享は〈NIAクリエイト〉に潮弘道を訪ねた。潮は傲慢《ごうまん》さが鼻に付く、典型的な官僚タイプの男だった。

「二年前、こちらの社長に就任されたそうで」

応接セットに案内された右京が切り出したのだが、潮はそれには答えずに、受け取った名刺を見て享に訊ねた。

「きみが甲斐峯秋警察庁次長のご子息？」

「違います」

享はそっけなく嘘をついた。

「あっ、そう」

面白くもなさそうに名刺をテーブルに放り投げた潮に、享が敵愾心《てきがいしん》をむき出しに訊ねた。

「あなたは以前、警察庁の警備局長をなさってたんですよね？」

「うん。現場の下級警官がドジを踏んだせいで民間に落とされました」

「下級警官？」

享の顔が歪《ゆが》んだ。右京がそこに割り込む。

「警視庁公安部の情報漏洩《ろうえい》事件ですねえ」

潮が嫌みを込めて言った。

「不愉快なことをわざと思い出させに来たんでしょうか？」

「とんでもない。ちょっと確認したいことがありまして」

享が内藤の写真を出して訊ねた。

「内藤肇、NIAの空港職員です。ご存じですか？」

「知らないなあ」

今度は右京が内ポケットから内藤の手帳のメモのコピーを出して核心に触れた。

「この〈潮〉というのはあなたのことではありませんか？」

「知りませんね」

潮はそっぽを向いた。

「二〇一〇年五月、あなたが警察庁を退職してNIAに天下り……あっ、失礼。再就職なさった時ですよね」

潮はそう質問してきた享を睨み返し、コピーの端をつまんでヒラヒラと振りながら言った。

「まさか、こんなメモで私を疑ってるの？」

右京が意外な顔をした。

「疑ってる？　おや、内藤さんが殺されたことはご存じでしたか？」

「ニュースくらい見るよ」

「なんだよ知ってたんじゃねえかよ」

脇を向いて小声で毒づいた享の言葉を、潮は聞き逃さなかった。

「口の利き方に気をつけなさい」

「甲斐くん、こちら元警察官僚ですよ」

右京もたしなめたが、享はそれを物ともせずに続けた。

「ええ。一番苦手な人種です。死亡推定時刻は四日前十五日の夜九時から十一時です」

潮は怒りも露わに立ち上がり、享を指さして右京に言った。

「この私にアリバイを訊いてるつもりらしいね」

右京が再び注意する。

「甲斐くん。きみ、失礼ですよ」

「被疑者にアリバイを訊いたら失礼なんですか？」

開き直った享に、右京は巧妙な手の内を見せた。

「もちろん、潔白ならば話してくださいますよ」

「この無礼者については あとで警視庁に厳重抗議します」話さないわけにはいかなくなった潮が、デスクの引き出しから名刺を出して言った。「その時間、この連中と商談してました。場所は〈銀座ミラン〉。そのあとこのクラブにも行った。裏を取りたければお好きにどうぞ」

「ご丁寧にありがとうございます。甲斐くん」

亨はスマートフォンを出して、潮が並べた名刺を写真に撮った。右京はまた内ポケットから書類を一枚出した。亨がとってきたＮＩＡの登記簿謄本だった。

「もうひとつだけ確認したいことが。こちらで登記されている事業のなかで、この職業紹介事業……これはどういった事業でしょう？」

潮はわずかに言葉を濁した。

「うちのグループ会社の人事交流とか……そういうやつだ」

「そうですか。いや、お忙しいところありがとうございました」

右京はそこで引き下がろうとしたが、亨はなお食い下がった。

「この方をご存じですか？〈日邦警備保障〉の佐久間さん」

亨が佐久間の名刺を示した。

「知らん」

「NIAから警察の天下り先に天下った人物です。警察からNIAに天下ったあなたのバーターで」

そこで潮は癇癪《かんしゃく》を起こした。

「おい、おまえらの仕事は天下りの調査か！　え？　殺人の捜査だろう！」

右京が背筋を伸ばして穏やかな口調で答えた。

「いえ、ご存じのようにそれは捜査一課の仕事です。ぼくたちはぼくたちが興味を持ったことについて調べています」

「興味を持ったこと？」

「いえ、興味を持たなければならないことと言った方がよろしいでしょうか。失礼します。行きましょう」

右京は享を促して部屋を出た。

潮のアリバイの裏を取っていた享が特命係の小部屋に戻ってきた。裏付けは完璧だった。

「何見てるんですか？」

机に二枚の登記簿謄本を置いてじっと睨んでいる右京に享が訊ねた。

「こちらがNIAのグループ会社。こちらが警備会社。どちらも、なぜか職業紹介事業をしています」

登記簿謄本を覗き込んだ享に、右京があることの調査を依頼した。

その調査の結果を持って、ふたりは捜査一課を訪ねた。伊丹、三浦、芹沢の前で、享がホワイトボードを使いながら説明する。

「このふたつの会社を調べると、NIAの天下り先だった〈NIAクリエイト〉に警察の潮が天下ったあと、警察官僚六名が天下り、二年後にまた警察の独立行政法人に六名とも天下っています。一方、警察の天下り先だった〈日邦警備保障〉にNIAの佐久間が天下ったあと、NIAの役員六名が天下り、二年後、またNIAのグループ会社に六名とも天下っています」

「そうか。二年間は関連する民間企業に天下れない」

三浦はそのからくりの意味に気づいたようだった。右京が付け足す。

「そして二年たった後は、それぞれがそれぞれの関連会社に自由に異動出来るように、それぞれの会社が職業紹介事業を始めたわけです」

もし警察とNIAが天下り先を交換していたことが公になれば、〈NIAクリエイト〉も〈日邦警備保障〉も非難を浴びるだけでは済まない。マスコミや市民団体の監視が強くなり、二度と天下りは出来なくなる……と特命係のふたりが説いたところで、伊丹が眉間に皺《しわ》を寄せて言った。

「被害者は、このからくりに気づいたのかもしれねえな」

「これを知られて一番困るのは佐久間と潮です」と享。

「よし。まずは佐久間の警備会社に行こう」

伊丹が三浦と芹沢を引き連れて部屋を出て行ったが、芹沢だけが引き返してきて享に耳打ちした。

「あ、何かあったら連絡するから」

そのまま再び踵《きびす》を返した芹沢を怪訝な顔で見送りながら、享が言った。

「俺たちは潮の方へ行きましょう。今の話を突きつければ相手の反応ぐらいは見られますよ」

右京がそれを引き止める。

「潮弘道にはアリバイがあったはずですよ」

「誰かに殺させたのかもしれないでしょ？」

「たとえば？」

「んー、佐久間とか。あ、それはないか」

「どうしてないんです？」

「だって佐久間、言ってましたよね。〝それ以来、内藤と個人的に親しくなった〟って」

そこで右京は何かに思い至ったようで、「あっ！」と声を上げた。

「え？　なんです？」

「ぼくとしたことが……」

右京は自分の不覚を恥じているようだった。

「ん？」

「〈AP佐久間〉。この番号は固定電話の番号です」

「会社の電話ですよね」

「個人的に親しくなった内藤さんは、佐久間さんの携帯の番号を知らないんですか？」

「あっ」

亨もそれに気づいた。

「親しいから連絡したのではなく、連絡しなければならない理由があったのだとしたら……」

右京は急いで携帯を取り出し、米沢に電話をかけた。


しばらくしてふたりは鑑識課を訪れた。右京は携帯電話に事件に関わる録音もありうると予想し、米沢に確かめてもらったが、あいにく何も録音されてはいなかった。亨は何か事件に関係するものが写っていないかと、もう一度カメラに収められた画像を見てみた。が、やっぱり客のクレームの証拠写真しかなかった。その時、例の真っ黒な画像を垣間見た右京が訊ねた。

「どうして写真が黒いんですか？」

「え？　ああ。電源をオンにしたままポケットに入れといて、その時にシャッターが切られたからじゃないですか？」

以前に米沢から受けた説明を、享がそのまま繰り返した。右京はカメラを手に取り、その黒い画像が撮られた日時を確認した。するとそれは内藤の死亡推定時刻の範囲内だった。右京の目の色が変わった。

「米沢さん、この写真が撮られた場所、特定出来ませんかね？」

「被害者のポケットのなかじゃないですか？」

享のとぼけた答えに、右京は苛立たしげに言った。

「その時、被害者がどこにいたかの特定ですよ」

「なるほど。でも、そんなことどうやって？」

それを聞いていた米沢が言った。

「ああ、出来るかもしれません。あまり知られてませんがデジタルカメラにはGPS機能が搭載されてる商品が多いんですよ。ちょっとこちらへ」

米沢はふたりをパソコンの脇に誘った。

「GPS機能をオフにしない限り、写真一枚一枚に撮影された場所の緯度と経度が記録されてるはずです」

米沢がカメラをパソコンに繋いで地図上にGPSの位置情報を重ねると、黒い画像が撮られた場所に赤いドットが点滅した。

「あっ」享が声を上げる。

「やはりこのデジカメは、クレームの証拠だけでなく殺人の証拠も撮っていたんです」

右京は目を見開いてその地図を見た。

六

GPSが示した場所は、佐久間の自宅だった。右京の運転する車でふたりが職場に佐久間を訪ねる途中で、芹沢から享の携帯に連絡が入った。佐久間は今日、無断欠勤をしているという。

「自宅へ行ってみましょう」

右京がハンドルを切った。

佐久間のマンションの部屋は、呼び鈴を押してもドアを叩いても何の反応もなかった。ふたりは管理人に事情を説明し、合鍵でドアを開けてもらった。部屋に入ると佐久間は見当たらなかった。奥にまで踏み入ると、浴室で佐久間が片腕を浴槽に張った水に浸けていた。その手首からは血がどくどくと流れていた。

「佐久間さん！」右京が叫ぶ。

「大丈夫ですか！」

　享が佐久間の腕を水から引き上げた。右京はタオル掛けからタオルを取って素早く傷口に当て、自分のネクタイを外して佐久間の腕をきつく縛り、止血した。

「死なせてください！　お願いです、死なせてください！」

　正気を失って妄言《もうげん》のように繰り返す佐久間を抱きかかえて、右京が享に命じた。

「カイト君、救急車！」

　鑑識課で享と米沢が佐久間のマンションから引き上げた証拠品を調べているところへ、三浦が入ってきた。

「あっ、佐久間の家族には？」

　享が訊ねた。

「連絡した。大阪だから時間がかかる」

「大阪？」

　三浦が頷いた。何でも佐久間はＮＩＡを辞めた後、すぐに離婚していて、別れた家族はいま大阪に住んでいるらしかった。

　享が浴槽の縁に置かれたメモ帳を三浦に見せた。

「遺書です。〈疲れたから死ぬ〉ってそれしか……」

その時、佐久間の部屋にあった石で出来た灰皿のルミノール反応を調べていた米沢が声を上げた。

「あっ！　出ました。かなりべったりですな。凶器でしょう」

「やはり内藤をやったのは佐久間……」

三浦が唸った。

七

右京は伊丹と芹沢とともに、佐久間の病室にいた。そしてベッドに横たわり、じっと天井を見つめている佐久間に声をかけた。

「無事でよかった。佐久間さん、あなたは誰の代わりに死のうとしたのですか？　あなたは誰の代わりに殺人を犯したのでしょう？」

佐久間の虚ろな目を胸に刻んで、右京は享とともに潮を訪ねた。

「その質問に佐久間さんは黙秘しました。きっと、まだ黙秘しているでしょう」

佐久間のことを潮に告げると、潮は表情も変えずに聞き返してきた。

「なぜ、それを私に？」

「佐久間さんの携帯の発信履歴を調べさせてもらいました」

右京に続けて享が言った。

「履歴が削除されてましたから通信会社に問い合わせましたら、最後の発信は昨夜。あなたの携帯だ」

右京が追及する。

「つまり昨夜、佐久間さんは内藤さんを殺してしまったことを、あなたに告白したのではありませんか？」

「知らんな」

「じゃあどんな電話だったんです？」

享の問いには答えず、潮は逆にふてぶてしく問い返してきた。

「人殺しから電話をもらったら罪になりますか？」

右京が答える。

「いえ。その人殺しとあなたが知り合いであることを確認したかっただけです」

「あなたは佐久間と互いに互いの関連会社に天下って、天下り斡旋《あっせん》会社をやっていた仲ですもんね」

享を無視して、潮は右京に訊ねた。

「それ、きみが興味を持ったから調べたのかい？」

「ええ。結果、天下り斡旋会社の存在が裏付けられました」

「職業紹介事業はちゃんと登記してあるよ」

「ええ、ですから違法ではありません」

「だったら警察の出る幕はないな。どうぞ、お引き取りください」

ドスを利かせた声で引導を渡したつもりの潮に、右京が逆襲する。

「違法でなくとも、もしそれが公になったとしたらどうでしょう？」

「あなたが作ったエリート専用の天下り斡旋会社。事実上、斡旋出来なくなりますね」

享の言葉を背中で受けた潮は、そのまま黙ってしまった。


一方、右京の予想通り、佐久間はまだ黙秘を続けていた。

「このままだんまりを続ける気か？」

伊丹が詰め寄ると、芹沢が続けた。

「佐久間さん。あなたが内藤さんを殺した証拠が、あなたの部屋から出てるんですよ。このまま黙秘してもいずれ全て明らかになりますよ」

黙って天井を見つめている佐久間の脳裏には、内藤の姿が浮かんでいた。あの夜、天下りのからくりに気付いた内藤は、佐久間の自宅にまで押し掛けて佐久間を問い詰めた。

——佐久間部長。二年前のあの時、あの労組交渉の時、あなたはまず人事担当役員の自分からだと率先して退職しましたよね。

――そうだ。会社の経営を守るために率先して。

――私もそう思ってた。あなたのことを経営破綻《はたん》寸前の会社を救った同志だと思ってました。なのにあの時リストラした役員は、実は次々とグループ会社に天下ってた。それをしてたのが〈日邦警備保障〉と〈ＮＩＡクリエイト〉だ。

内藤はふたつの会社の登記簿謄本を佐久間に示した。

――退職したあと会社に呼ばれたんだ。警察の関連法人に行けって言われた。ＯＢの天下り斡旋会社を作れって言われて……。

それを聞いて、内藤はますます激した。

――そんなの絶対に認められない！

――辞めた役員には仕事が必要じゃないのか？　今のＮＩＡには官僚とのパイプが必要なんだ。

――それじゃあ泣きながら辞めていった同僚に合わせる顔がない！

涙を浮かべる内藤の腕を、佐久間が取った。

――二度とそういう人たちを出さないために、ＮＩＡの基盤を今、しっかりとやることが大事なんだ。

内藤は佐久間の手を振りきった。

――そんなの詭弁《きべん》だ！　あなた方役員も一緒に血を流す約束だったはずだ！　ちゃんとリストラされてグループ会社には天下らない！　二年前にそう言ったじゃないか！　この件は公にします。

内藤の言葉に、佐久間はうろたえた。

――そんなことをしたら今後、退職するＮＩＡの役員だけじゃない、警察官僚も路頭に迷う。

――だからなんだ！

――とても……とても私には責任が負えない。

――佐久間部長。あなたには失望しました。

涙を浮かべてひと言残し、背中を向けて部屋を出て行こうとした内藤の頭を……。

「佐久間さん、今度は逮捕状持ってきますよ」

魂の抜け殻のような顔をした佐久間に、伊丹が言い置いて去ろうとした時、佐久間が初めて口を開いた。

「殺したのは……私です。私が殺しました」

黙り込んだ潮の背中に、右京が続けた。

「佐久間さんはきっと、天下りというシステムに飲み込まれてしまったのでしょう。だからこそ、あなたと作った天下り斡旋会社を命を絶ってでも守ろうとしたんです」

　そこで潮は口を開いた。

「おまえらがやったんだよ」

「はい？」

「天下りを悪者扱いしか出来ないおまえらがな」

「悪じゃないって開き直るんですか？」享が突っかかる。

「官僚も年金をもらうまで仕事が必要なのは民間と一緒だ」

「ならば、早期退職などせず、民間と同じく定年まで勤め上げれば済む話です」

　右京が当たり前のことを口にすると、潮が暗い情念も露わに、声を荒らげた。

「そうしなくていいって法律がある。その法律を決めるのは俺たち官僚じゃない。おまえらが足りない頭で選んだ政治家さんだろ？　つまり、おまえら一般愚民の責任だ。その責任を果たす気力も能力もないなら指をくわえて黙って見てろ！」

　あまりの暴論に、享が食ってかかった。

「だからって天下りバーターですか？」

「天下りをバーターして何が悪い？　省庁にも民間の血を入れろって、バカな世間は望んでるじゃないか。だからそうしてやったんだ。同時に省庁にも民間にも再就職口を確保出来る。一石二鳥の名案じゃないか！」

興奮して支離滅裂な官僚論理を振りかざす潮に、右京が静かに言った。

「その一石二鳥の名案は、明日、公になります」

「警察の人間がそんなことをしたら、ただじゃ済まんぞ」

脅迫めいた潮の言葉を、右京は軽くあしらった。

「ご自由にどうぞ」

部屋を出て行こうとする右京の袖を、享が握った。

「杉下さん、この男……」

我慢出来ない憤りを抑えて声を震わせる享を、右京が諭した。

「この男は違法行為はしていません。していたとしても証拠はありません。ですが、天下り斡旋会社が機能しなくなったとしたら、どうなるかは知りませんが」

それを耳にした潮が傲慢な口調で言った。

「たとえそうなったとしても、俺は次の天下り先を待つ」

「そんなことが……。そんなこと出来ると思ってるんですか！」

享が熱くなった。

「出来るなあ。おまえら下級警官が何をしたって、俺たち官僚はすぐに次の天下り先を開発するね」

そのひと言で享がキレた。

「この野郎！」

潮に歩み寄って胸ぐらを摑んだ享に、右京の怒声が飛ぶ。

「カイト君！　そこから先は違法行為です」そして潮から手を放した享に「行きましょう」と声をかけた。

「誰かね？　私の作ったシステムを潰したのは」

警察庁の次長室で新聞の記事を読んだ甲斐峯秋は、不愉快極まりない表情で傍らに立っている人事課長に訊ねた。

「昨日、潮元警備局長から連絡がありまして……」

婉曲《えんきよく》な物言いをする人事課長に、峯秋が質した。

「質問に答えたまえ」

「警視庁特命係だと……」

人事課長が言いづらそうに答えた。

「特命係？」

峯秋の頭に、最初に右京に会った時のことが浮かんだ。

——出世だのにはまるで興味はないそうだね。

峯秋が訊ねると、右京は平然と答えた。

——そうですねえ。人生のなかでそういうものに、あまり重きは置いてませんねえ。

その小気味のいい返答を思い出して、峯秋は期せずして笑みを漏らした。

「では失礼します」

逃げるように立ち去ろうとする人事課長を、峯秋が呼び止めた。

「現在、再就職してるうちのOBは、マスコミの餌食《えじき》になるかもしれないね、これで。今、民間や独立行政法人にいるOBでマスコミに目をつけられそうな連中は、全員嘱《しょく》託《たく》職員にするんです」

「嘱託職員？」

人事課長が聞き返す。

「そうすれば役員に近い報酬はもらえても、情報公開義務や人件費抑制の法的規制は受けないから」

「しかし、そうすると現在の役職を解くことになりますが」

心配顔の人事課長を、峯秋がたしなめた。

「そんなものは参与《さんよ》でもなんでも好きな名前をやればいいじゃないか。ただし、組織図には載らない役職にするんです」

「なるほど」

「これからしばらくは、そうやって再就職させるといいかもしれないね」

「心得ました」頷いた人事課長は、再び不安顔で訊ねた。「あのう、潮元警備局長の新たな再就職先は？」

「今、嘱託職員として再就職させろと言ったでしょう？」

峯秋に叱られた人事課長が、恐る恐る訊いた。

「そんなに報酬の高い嘱託職員の口、すぐには」

「彼の待遇はその辺の嘱託職員と一緒でいい」

「は？」

「当然でしょう？　ペナルティーだよ」

同じ新聞記事を特命係の小部屋で見た享が、ため息を吐いた。

「好きだったんですね、会社が」

「はい？」

「内藤さんも佐久間さんも」

そこに米沢がやってきた。

「おはようございます。おかげさまで無事、帳場も解散となりましたので、例の件の調整に伺いました」

「例の件？」

享が怪訝な顔をした。

「お忘れですか？　合コンです」

「ちょっと！　合コンなんてしませんからね」

その言葉を耳ざとく聞いた角田が顔を出す。

「今、合コンっつったか？」

「耳よすぎでしょ。言ってません」

呆れ顔の享を他所に、角田がひとりで盛り上がる。

「いつにする？」

「いや、だからしませんって！　大体、角田課長、結婚なさってますよね？」

「えっ、妻帯者は合コンしたら違法なのかな？」

そこに米沢が嬉しそうにしゃしゃり出る。

「でも独身者の方が優先ですよね？」

「いやいやそんなこと言うなよ！」

「妻帯者は、ちょっと……」

合コンにこだわるふたりに挟まれて、ついに業を煮やした享が立ち上がり、きっぱり宣言した。

「やりませんよ」

第五話「ID」

一

その朝、甲斐享が登庁すると、特命係の小部屋に上司である杉下右京の姿がなかった。コートや鞄《かばん》はある。それに机の上に置かれたティーカップは微妙にまだ温かかった。いつものことながら置いてきぼりを食らったと悟った享は、見当をつけて小部屋を飛び出して行った。

「いい読みだねえ」

いつものことながらコーヒーをねだりに来ていた隣の組織犯罪対策五課の角田六郎が、その様子を見てニヤリと笑った。

「やっぱりここですか」探していた上司は思っていたとおり鑑識課の部屋でパソコンの画面に見入っていた。「今回はなんの事件ですか？」訊いても何の反応もない。「聞こえてますか？　杉下さん」

「聞こえてますよ」

「聞こえてるなら返事してくださいよ」

画像に熱中してそれどころではない右京に代わって、鑑識課の米沢守が答える。

「昨日、銀座であった宝石強盗事件の防犯カメラの映像です。総額一億円相当の宝石類が奪われました」

「えー⁉」

享が驚きの声を上げた。

それは白昼堂々と行われた手の込んだ強盗だった。店から客がいなくなり、店員と警備員が奥に入った瞬間、ガラスケースの下から突如、煙が上がった。何者かが遠隔操作ができる発煙装置を仕掛けたらしく、店内が煙で覆われている間に宝石は奪われた。店員と警備員の証言では、煙で何も見えなくなり、全員店の奥から動けない状態になったとのことだった。店員と警備員が店から出てくるまでの三分ほどの時間に、外から入ってきた何者かがガラスケースを破壊し、宝石を奪ったのではないかと思われた。

米沢から事件のあらましを聞き終わったところに、享のスマートフォンが着信音を鳴らした。

「あっ、米田《よねだ》からメールだ」享はパソコンから離れてメールを開いた。「マジかよ、あいつら!」メールを読んで独りごちた声を、パソコンの画像を見終わった右京が聞きつけた。

「どうかしましたか?」

「いや、箱番時代の俺の後輩からだったんですけど、以前、問題を起こした女子高生に説教したら、妙になつかれちゃったことがありまして。で、俺を呼んでるらしいんですよ」

　享の言葉に米沢が鋭く反応した。

「交番時代にＪＫとお知り合いに」

「なんすか？　ＪＫって」

　顔をしかめる享に、

「知らないんですか？　ＪＫは女子高生の意味ですよ」

　と答えた米沢だが、右京に怪訝な目で睨まれて、「すいません」と頭を掻《か》いた。

「それで？　カイト君」

　右京が話を戻す。

「とにかく事件だからって大騒ぎしてるらしくて、俺に来てほしいって」

「行ってみましょうか」

「行くんすか⁉」享が驚きの声を上げた。

「きみが交番時代にどのような警察官だったか、上司として知っておきたいじゃありませんか」

「いや、過去よりもここからの俺を見てくださいよ」

「あの、強盗事件の方は、これ……」

　ふたりの会話の外にいた米沢が訊くと、右京がことも無げに言った。

「ああ。店内に煙が充満して、店員と警備員が外に出るまでに三分。では、警察が来るまでは何分でしたか？」

「警報が鳴ってから六分でした」

「そうですか。おそらく犯人は、内部の人間だと思いますよ」

「ええ⁉」

米沢と亨が目を丸くした。

二

中根署の管轄にある平町《ひらまち》交番というのが亨の古巣だった。右京と亨がそこを訪れると、亨の後輩の米田が三人の女子高校生に囲まれて困惑していた。

「ねえ！　ちゃんと仕事しないと税金払わないかんね！」

米田にいちゃもんをつけているのがリーダー格の加藤樹里《かとうじゅり》だった。

「きみら、まだ税金払ってないでしょう」

米田が突っ込むと、「払ってるよー、消費税」と三人は蜂の巣をつついたような状態になった。が、樹里が亨を見つけて、

「来たー！　ねえ、甲斐、来たよ！」

と声を上げると、あとのふたり、アミとユミも米田そっちのけで亨の周りに集まって

きた。

「ねえ、もう話聞いてよー」

樹里が叫ぶ。

「はいはいはいはい！」亨が口々に語り出した三人の交通整理をした。「とにかく、どういうこと？」

代表して樹里が話し始めた。

昨日、三人が学校帰りに神社の石段の下を通りかかった時のことだった。男性の叫び声がしたので見上げると、石段の上から転がり落ちてきた若い男が、真ん中の踊り場にぐったりと横たわっていた。

——やばい、やばい、やばい！　大丈夫ですか？

三人は石段を駆け上がって男に声をかけた。男は意識もあって、大丈夫と繰り返したが、三人は救急車を呼んだ。その時、石段の上で人影が動くのを見たというのだ。

「逃げた人影」

亨が呟くと、樹里が黄色い声を上げた。

「怪しいっしょ⁉　そんな通り魔みたいにさ、人を階段から突き落とすような奴がいたら、もうホラーだし」

そこに米田が口を挟んだ。

「落ちた本人が階段を踏み外したって言ってんすよ」

米田によると救急車のなかで男はそう言っていたらしいのだが、それには樹里が嚙みついた。

「だったらなんで逃げたりすんだよ！　普通さあ、うちらみたいに救急車呼んだりすんでしょう」

「誰かいたっていうのは本当かなあ？」

米田のそのひと言で、三人はまた蜂の巣をつついたような状態になった。

「何それ！　うちらが嘘ついてるっていうわけ⁉」とアミ。

「ねえ甲斐、私ら頭悪いけどさ、嘘つかないよ」

樹里が享にすがる。

「うん、まあそうだよなあ」

「嘘っていうか見間違いとか」米田が言うと、

「いやいやいや！　私ら、目だけはいいから！」樹里が叫んだ。

「はいはいはい！　ちょっと静かに。どうします？　杉下さん」

米田にすがられた享が右京に訊いた。

「まあ、せっかく乗りかかった船ですからねえ。思いきって乗ってみましょうか」

「乗ってみます？」

右京と享はその石段から転げ落ちた男、滝浪正輝《たきなみまさき》の運び込まれた病院を訪れた。まず本人に会う前に病院側に検査結果を訊いたところ、頭を強打したようだが大した怪我ではないとのことだった。

滝浪の病室を訪れそのことを告げると、

「病院の方？」

と退院の準備をしていた滝浪は怪訝な顔をした。

「あっ、これは失礼……」

右京がそう言って警察手帳を見せると、滝浪はうろたえた。

「なんで、なんで？　なんで警察？」

「実は昨晩、あなたが何者かに突き落とされたんじゃないかって証言している人物がおりまして。それで、お話を」

享が説明すると、滝浪はそれを否定した。

「いやいや。昨日は階段を踏み外してしまって、それで……」

「ええ。救急車のなかでもそうおっしゃってましたよね……どなたかお迎えにいらっしゃるんですか？」

ベッド周りを探るように見回る右京に気を取られている滝浪に、享が訊ねた。

「え？　ああ。あの、ぼく独身なんで。それに身寄りがないもんですから」

「仕事の方は？」亨が重ねて訊ねた。

「個人でシステムエンジニアをしているものですから……でもまいりましたよ。仕事柄、普段家から出ないもので。運動不足ですね、階段を踏み外すなんて。痛たた……」

滝浪は腕時計をはめながら、包帯を巻いた肘《ひじ》を伸ばした。

「海外にはよくいらっしゃる？」

「え？」

いきなり右京に訊かれて、滝浪は言葉に詰まった。

「こちら、パスポートですよねえ。拝見してもよろしいですか？」

右京はベッドサイドのテーブルに置かれたパスポートを指した。何やら取り調べを受けているような気になった滝浪は、

「何よ、何よー」と目を丸くしたが、「見たきゃ、どうぞ」と諾《うべな》った。

「失礼」右京がパスポートを手に取って開いた。そこには確かに〈滝浪正輝〉という名前と本人の写真が載っていた。「パスポートはいつも持ち歩いてらっしゃるんですか？」右京が訊ねる。

「ああ。運転免許証を持っていないもので、普段、身分証として持ち歩いているんです」

「そういうことでしたか。おや、こちらの名刺はお仕事関係ですか？」

右京がパスポートに挟まっていた三枚の名刺を取り出してテーブルに並べた。

「え？　ああ、そうですよ」

「人材派遣会社にＮＰＯ法人」

「ええ、お客さんです」

「ＮＰＯ法人でシステムエンジニアのあなたが何をなさっているのでしょう？」

思わぬ質問をされて、滝浪はちょっとしどろもどろになった。その中の一枚、〈ＮＰＯ法人　もえぎ色の会　皆本恵美《みなもとえみ》〉という名刺を手に取って言った。

「だってこれ、〈もえぎ色の会〉でしょう。この、恵美ちゃんですよ。就労困難者を支援する団体で、ぼく、そこのホームページの作成をやらせてもらったんです」

「ああ、そういうことでしたか」大きく頷いた右京が、また変化球を投げてきた。「お住まいはどちら？」

「は？」

「車でお送りしましょう。迎えに来る方もいらっしゃらないようですし、おひとりでお帰しするのはわれわれとしても心配です」

「えー、甘えちゃってもいいのかなー？」

滝浪は内心の動揺を隠して明るく繕《つくろ》った。

「もちろん」と右京。

「甘えちゃってください」

亨にも言われ、滝浪は断る術《すべ》をなくした。

「ありがとうございます。このマンションです」

車を降りた滝浪はマンションのエントランスを入ったところで、「ちょっとすいません」と断って郵便受けから一通書類を取り出した。右京と亨はエレベーターの前まで見送った。

「では、甘えちゃってすいませんでしたー」

エレベーターの扉が閉まったところで、亨が右京に声をかけた。

「杉下さん、なんか彼のこと気になってますよね」

右京が答える。

「腕の日焼けのあとです。普段は仕事柄外に出ないと言っていたにもかかわらず、なぜ、日焼けのあとがあるのでしょうねえ」

亨もエントランスに向かいながら言った。

「俺も気になりました。なんかあいつ、おどおどしてて怪しいっすよね。俺、思うんですけど、ああいうタイプって……」そこで亨が振り返ると、右京がいなかった。「ん？

いない……」戻ってみると右京はエレベーターに乗り、扉を押さえていた。

「行きますよ」

「言ってくださいよ！」

亨は泣き顔になった。

エレベーターを降りてみると、滝浪は部屋の前をうろついていた。

「なんでなんで？」再びふたりの刑事と鉢合わせた滝浪は、信じられないという顔をした。「あの、まだ何か？」

「無事に着いたか心配になりましてね」

右京がにっこり微笑んだ。

「なんでなかに入らないんですか？　あっ、鍵がないとか」

亨に訊ねられた滝浪はドアの脇のガスメーターの扉を開けた。

「いや、鍵はありますよ、こちらに。あのね、ぼく、よくなくしちゃうんで持ち歩かないようにしてるんですよ。ほら、ありますでしょ」

滝浪はふたりに鍵を差し出して見せた。そのときエレベーターの扉が開き、ひとりの女性がやってきた。

「ちょっと！　何してんのよ、人んちの前で」

「おお、お帰り」

滝浪が手を挙げると、その女性は怪訝な目で見た。

「はあ？　あんた誰？」

滝浪はかなり狼狽《ろうばい》していた。

「おい明美《あけみ》、何言ってんだよ、亭主に向かって」

「あんたなんか知らないわよ。なんなの？　警察呼ぶわよ」

すかさず右京が警察手帳を出した。

「あっ、警察ならここに」

「はあ？」

右京と亨が自己紹介すると、それに滝浪が便乗しようとした。

「そうだよ、警察の人たちも一緒なんだから、おまえ、ちょっと中入ってよ、もう。と
にかくなあ、おまえは……」

部屋に押し込められた明美は、

「だから、あんたを知らないってば！」

と叫びながら、とりあえずドアを閉めた。

「なんか、お見苦しいところを申し訳ないです」

滝浪は苦笑いした。

「連絡取る人いたんですね」

享に言われて滝浪はバツが悪そうに応えた。

「ええ、あの……女房です。籍は入れてないんですけどね。ああ、富田《とみた》明美って言います」

「でも、あなたのことを知らないとおっしゃってましたねえ」

右京が疑い深い目で見た。

「いや、これ、お恥ずかしい話なんですけど、今ケンカしておりまして。それで病院から連絡するのもちょっと……」

「ああ、そういうことでしたか」

右京が頷いた。

「ええ。あいつ、もう怒ると……すいません」

頭から角が生えたジェスチャーをしている間に、右京がドアチャイムを押したのを見て、滝浪が慌てた。

「ちょっと！　何をしてるんです？」

「奥様に、ちょっとお話を伺いたいと思いまして」

右京がしれっと答えた。

「何よ」

怖い顔をして出てきた明美に、右京が訊いた。

「滝浪正輝さんのことをちょっと伺いたいのですが、よろしいですか？」

「だから知らないって言ってるでしょう！」

明美は凄い剣幕で怒り、ドアをバタンと閉めてしまった。

「すいません」

滝浪が頭を下げる。

「いえいえ」と右京。

「そっか、それじゃあ、ぼく、あいつの頭が冷えるまで、ちょっとその辺ぶらついてきます。ハハ……いつものことです」

滝浪はそう言ってエレベーターに乗った。

三

エントランスを出たところで、歩きかけた滝浪の背中に、右京が声をかけた。

「滝浪正輝さん」

「はい？」

「あなた、本当に滝浪正輝さんですか？」

滝浪は噴き出しながら言った。

「ちょっと待ってください。何、いきなり言い出すんですか」

「奥さん、あなたのことを知らないって」

　享が指摘すると、

「いや、だからあれは怒ってただけなんです。今見たでしょう⁉　それにね……ちょっと待ってください」滝浪はポケットを漁った。「これ、これ！　パスポートだってあるじゃないですか。本物ですよ。なんだったら調べてもらっても構いませんけど」

「では、そうさせてもらいましょうか」

「え？」

「カイト君」

「はい」

　享はパスポートを滝浪から受け取り、開いて構えた。右京が携帯のカメラでそれを撮影した。まさかそこまでやるとは思っていなかった滝浪は、あっけにとられてそれを見ていた。

「角田課長に調べてもらいましょう」

　右京はその画像をメールで送った。

「あの、本当に疑ってるんですね」

「疑っているというよりも、訳がわからないといったところでしょうか」

右京がそう言うと、滝浪は開き直ったように胸を張った。

「わかりました。それじゃあ、ぼくが滝浪正輝本人だってことを証明してみせますよ、うん」

自分が〈滝浪正輝〉であることを証明するために、滝浪が右京と亨を連れて行ったのは蕎麦《そば》屋だった。

「ねえ、大将。俺、ここの店よく来るよね」

訊ねられた店主は、

「ええ、毎度どうも！」

と仕事の手を休めずに答えた。

「ほらね」

得意げな顔をした滝浪だったが、亨が滝浪の名前を訊ねると、店主は知らないとかぶりを振った。

「いやまあ、蕎麦頼む時に名前言わないですもんね。しまったな……」

滝浪は頭を掻いた。

「自分が自分であることを証明するというのは、案外、難しいことなのかもしれませんねえ」

蕎麦屋を出て商店街を歩きながら右京が言った。そのとき、滝浪が何かを思い出したようで、いきなり立ち止まってレンタルＤＶＤ屋を指した。

「ああ！　先週の金曜日に、滝浪正輝……ああ、つまり俺がね、あそこで『トラック野郎』と『まむしの兄弟』と『さらば愛しのやくざ』を借りたんで調べてくださいよ。警察ならそれくらい出来るんでしょう？」

「いえ、警察だからといって、いつも出来るわけではありませんよ」

右京が答えた。

「ああ、個人情報ですからね」

亨が付け加える。

「え？　そうなの⁉」

「あくまでお店の方の協力が必要です」

と言いつつ、右京と亨は行ってみることにした。

「確かに滝浪正輝さんという会員が借りてますね」

店員が履歴を調べて答えた。

「ほらね」

再び胸を張った滝浪だが、右京の次のひと言でうろたえた。

「では、その金曜日の防犯カメラの映像を拝見することは可能でしょうか？」

「はい」

「嘘⁉　あんの？」

店員は先週の金曜日の画像のなかから該当時間を選んでパソコンで再生してみせた。最初はカメラに背を向けていたので顔が見えなかったが、そのうちに振り向いてカメラがしっかり顔をとらえた。目の前にいる滝浪正輝とは明らかに別人だった。

「これちょっと、ねえ、どういうこと⁉」

滝浪は目を白黒させた。

「こっちが訊きたいよ！」

享が叫んだ。


「女房には知らない人だなんて言われて。自分が借りたはずのＤＶＤも他人が借りてるわけでしょう。これ、なんかの陰謀でしょう⁉」

ふたりの刑事に近くの喫茶店に連れていかれた滝浪は、悲嘆に暮れていた。

「なんだよ、陰謀って」

と享が呆れる。

「それがわかりゃあ苦労しないんですけどねえ。すいません、トイレいいですか？」

「どうぞ」と右京。

「逃げないでよ」

　享が声をかけると、滝浪は振り返った。

「逃げないですよ。信用されてないなあ」

　滝浪がトイレに入ったのを確かめて、享が言った。

「杉下さん。彼、逆に言えば頭の打ちどころが悪くて、なんか勘違いしてるってありませんか？」

「はい？」

「自分が全く別の人間だと思い込んじゃったみたいな」

「不思議ですねえ」

　右京が首を捻った。

「不思議ではありますけどありえないっすか」

　右京は享の顔をしげしげと見て言った。

「いえ、ぼくが不思議だと言ったのはきみの言語感覚です」

「え？」

「基本的な考えのスタンスが明示されていないにもかかわらず、『逆に言えば』と言いました。不思議ですねえ」

「俺は、彼が滝浪正輝という人物になりすまそうとしているんじゃないかと考えていて、その逆っていう意味で言ったんです」

「なるほど。しかし、なりすましの逆が、頭の打ちどころが悪かったからというのも理解不能ですよ」

「だから……」右京の論理には歯が立たないことを悟った享は本音を吐いた。「別に『逆』って、特に意味があって言ったわけじゃないんですよ」

「そうでしたか」

「そうでしたよ」

右京がそこで話題を戻した。

「ところで、なりすましとなると、彼は滝浪正輝ではないということになりますねえ」

「まあ、そういうことになりますね」

「仮に、彼が滝浪正輝になりすまそうとしていたとしたら、その目的はなんでしょう？」

「なんでしょう？　しかし俺たち、こんなことやってていいんですかね？」

「いいんじゃありませんか？　ちょっと面白くなってきましたしね」

「まあ、俺たち特命係ですしね」

「ええ」

その時、携帯が振動音を鳴らしたので、右京は席を立った。角田からだった。

——さっきのパスポートだけどね、もう超特急で調べたんだよ。

「ありがとうございます。で、どうでしたか？」

——モノホンだな。

「そうですか」右京は通話口を押さえて享をそばに呼んで言った。「カイト君！　パスポートは本物だったようです」

「え？　本物！」

角田が続ける。

——それとねえ、あんた宛てに富田明美って女の人から電話があってな。折り返し電話を欲しいそうだ。番号言うぞ。

右京は角田の告げた番号を空に指で書いて瞬時のうちに暗記した。その様子を享が驚愕の目で見ていた。

「わかりました。ありがとうございました」

電話を切った右京は、暗記した番号に電話をかけた。

「なんです？」享が訊いてきた。

「富田明美さんが連絡を欲しいそうです」

——あの……うちのとまだ一緒ですか？

電話が繋がると開口一番、明美が訊いてきた。

「ああ。やはり先ほどの人は、あなたと一緒に住んでらっしゃる滝浪正輝さんでしたか」

右京が答える。

――ええ。あの、一緒ですか？

「はい。お電話、替わりましょう」と言ってテーブル席を顧みると、トイレから戻って座っているはずの滝浪がいなかった。「消えてる！」

右京と亨がテーブルに駆け寄ると、滝浪はシートの下に倒れて横たわっていた。

「ちょっと、大丈夫ですか？　滝浪さん！」亨が抱き起こして、「救急車！」とスマートフォンを出した。

右京は「ああ、掛け直します」と明美に告げて電話を切った。


「やっぱり、ただの夫婦ゲンカだったってことなんすかねえ」

滝浪を病院に運んで一段落したところで、亨が言った。

「はい？」

「パスポートが本物で、奥さんも彼が旦那だって言ってるわけですし」

「しかし、ＤＶＤを借りていたのは別の人物でした」

「ああ、そうでした」

そこに看護師がやってきて、滝浪が検査室から逃げたという。ふたりは一瞬あっけにとられ、次の瞬間に表に飛び出した。

が、そこにはもう滝浪の影はなかった。

「やっぱ、逃げるってことはあいつ、なんかあるんすかね？」ため息を吐いた享が右京を振り返ると、携帯でどこかに電話をしている。「どちらに？」

「そもそも滝浪正輝というのはどういう人物なのか……」右京が呟いたところで電話に相手が出た。「あっ、米沢さんですか？　杉下です。実は、ひとつ調べて頂きたいことがあるのですが」

すると電話の向こうで、米沢が声を極端にひそめて応えた。

——杉下警部。今ですね、大変立て込んでる状況でございましてですね。杉下警部とこうやって電話で話してるのも、はばかられるような状況なんですよ。

「ということは、彼らがいるわけですね」

——はい。

右京は構わずに続ける。

「われわれ今、滝浪正輝という人物について調べているのですが」

——あのう、杉下警部。聞いてます？　今、大変立て込んでてですね……。

そこまでを迷惑そうな声で話していた米沢が、急に「え?」と声のトーンを変えた。

「どうかしましたか?」

——今、滝浪正輝とおっしゃいませんでしたか?

「ええ」

そのとき、マンションの窓際で電話をしていた米沢の前に、捜査一課の伊丹憲一、三浦信輔、それに芹沢慶二の三人がヌッと姿を現した。

「おい、誰と話してんだよ?」

伊丹が米沢を睨んだ。

「いや、いや……」

怯えた顔をした米沢の手から、伊丹が携帯を奪った。

「貸せ! ちょっと」そして携帯のディスプレイを見て言った。「やっぱりな。おまえ、特命係に情報漏らしてんだろう」

「いいえ」

「嘘つけ。今、滝浪正輝の名前が出てたじゃねえかよ。ちゃんと聞いてたぞ」

「それは、杉下警部が……」

「どういうことだ」三浦が迫った。

「知りませんよ。ご自分でお聞きになったらどうですか?」

伊丹は米沢の携帯を耳に当てた。

「杉下警部ですか？」

――ええ。その声は伊丹さん。

「ええ。あのですねえ、先ほど米沢と話してる時に滝浪正輝の名前が出たようですが……」

右京は伊丹の言葉を遮った。

――ところで一課の方と米沢さんが一緒にいらっしゃるということは、何か事件ですね。それも殺人事件。

「ちゃんと、こっちの訊いてることに答えろよ！」

伊丹は通話口を塞いで毒づいた。

――その事件に滝浪正輝が関わっているのですか？　伊丹さん、質問に答えてください。

「ええ、まあ、そうですね」

伊丹はしぶしぶ首肯した。

四

右京と享がその殺害現場であるマンションに到着したのは、もう日も暮れ夜のとばりが降りようとしている頃だった。

現場に残っていた捜査一課の芹沢慶二によれば、殺害されたのは、昨日、強盗事件があった宝石店の警備員、増田直由《ますだなおよし》、三十八歳。死因は背中から心臓を刺されたことによる失血死で、死後五、六時間程度が経過していた。殺害された原因は、当然、宝石強盗がらみだと考えられた。また、〈滝浪正輝〉の名が挙がったのは、その名と住所を書きつけたメモが、部屋のゴミ箱から出てきたからだった。ビニールの小袋に入ったそのメモを芹沢から見せられた享は、そこに書かれた住所が、昼間、滝浪を送り届けたあのマンションの住所と一致することを認めた。

「ガイシャの関係者ってことだったんだけれど、特命ふたりがマークしてるってことは、やっぱり何かあるんだよね？　やっぱり宝石店強盗の共犯者とか？」

芹沢が滝浪正輝について穿鑿《せんさく》してきた。

「だとすると、この増田という男を殺害したのは、滝浪正輝ということになります」

享が応じると、芹沢が言った。

「まあ、この滝浪っていうのは共犯で、仲間割れを起こしたっていうことならね」

享が右京に向かって言った。

「でも杉下さん。あいつ、死亡推定時刻に俺らと一緒にいましたよね？」

「ええ。ですがもうひとり、滝浪正輝と思われる人物がいるじゃありませんか」

「ん？　あっ、あの防犯カメラの奴！」

そのとき、右京と享が背にした窓から、いつの間に来たのか伊丹の声が響いてきた。

「どういうことだ？　芹沢。滝浪正輝はふたりいるのか？」

振り向くと三浦信輔も横に立っていた。ふたりは今の話を盗み聞きしていたようだった。

「いやいや、いつの間になんか話が急展開して……知りませんよ」

「警部殿、どういうことか説明してもらえませんかね」

三浦が窓の外から声をかけた。

「では、一課の皆さんも一緒に行きましょう」

「え？」


捜査一課の三人が連れて行かれたのは、滝浪のマンションだった。相変わらず愛想がなく不貞腐れた感じの明美の前に、享が右京の携帯に入っているパスポートの画像を出した。

「こちらは、あなたの同棲相手の滝浪さんではありませんよね？」

そして次に、レンタルＤＶＤ屋の防犯カメラからプリントアウトした写真を見せた。

「こっちが、あなたの同棲相手の滝浪さんですよね？」

「そうよ」

明美はぶっきらぼうに答えた。享が訊ねる。

「じゃあ、どうしてあんな電話を？」

「あのあと、滝浪が帰ってきたのよ」

明美は昼間、刑事が来たこと、自分が滝浪だと名乗る変な男が一緒だったことを報告した。

――おい。おまえ、ちょっとそのデカに電話しろ。

滝浪は明美に命じた。

――なんでよ。

――いいから電話しろよ。そいつに用があるんだよ。

それで明美は警視庁に電話をかけたのだった。

「あなたの同棲相手、どこに行ったかわかりませんか？」

伊丹が訊ねる。

「さあね」

そこで三浦が右京に近寄ってきた。

「警部殿、いい加減説明して頂けませんか？　出来れば一から」

「もちろん」

右京が諾ったところへ、米沢から声がかかった。

「杉下警部。間違いありませんねえ」

「そうですか」

見ると米沢の指先には小さな機械があった。

伊丹が怖い顔をしてこちらに来た。

「米沢！　おまえ、何をさっきからこそこそ、こそこそしてるんだよ！」

「いや、自分はただ、杉下警部に調べてくれと言われただけですので」

「あ、これ、盗聴器ですよね？」

亨が米沢の指先の機械を指し、明美に聞こえないように声を落として言った。

「盗聴器ですよ」と右京。

「あいつは鍵の隠し場所を知っていました。ということは、過去にもこの部屋に侵入していて、その時に盗聴器を仕掛けたと」

「そういうことになりますねえ」

「でもなんのために盗聴を？　強盗事件？」

「おそらく」

「えっ。でも、それとあいつが滝浪正輝になりすまそうとしたことと、どう繋がるんですか？」

亨との問答を切り上げて、右京が米沢を向いた。

「米沢さん。宝石強盗事件の現場写真を見ることは出来ますか?」

「わかりました」

米沢はタブレットに現場写真のデータを呼び出した。それを見た右京が得心がいった顔をした。

「なるほど。そういうことでしたか」

「警部どのー」

三浦が居ても立ってもいられないような声を上げた。

「ああー」

そのタブレットの写真を見て、亨も声を上げた。

「カイト坊ちゃん」

伊丹が亨の顔を覗き込むと、芹沢が言った。

「ん? 何がわかったの?」

五

警視庁に戻り、特命係の小部屋に捜査一課の三人を招いた右京と亨は、ホワイトボードを使って三人に説明した。

「自分たちは、滝浪正輝になりすまそうとしている人物に接触したんです」

享が切り出した。

「滝浪正輝になりすます？」

三浦が聞き返すと、右京が指示棒でパスポートからとった写真を指した。

「ええ。滝浪正輝のパスポートを持っていたこの男です。盗聴によって宝石店強盗の計画を知った彼は、その宝石の横取りを思いつきました」

「いやいや、しかし、そんなことどうやったら出来るんです？」

伊丹の疑問に右京が答えた。

「滝浪正輝と宝石店警備員の増田の計画はこうです」

右京は自説を披露した。

「発煙装置をセットしたのは滝浪正輝でしょう。しかし、その時、外からの侵入者の形跡はありませんでした。防犯カメラの映像では、煙が発生してから三分後、店員と警備員の増田が外に出た際に初めて、空気の流れが発生し煙が動きました。つまり、それまでは外からの侵入者はなかったというわけです。内部犯行。やはり、宝石を奪ったのは警備員の増田でしょう」

「でも、店の関係者は警備員も含めて厳重に手荷物をチェックしたっていう話じゃ？」

芹沢の呈した疑問に右京が答える。

「それはこういうことです。警備員の増田は、奪った宝石をあらかじめ用意していた宅配郵便の封筒に入れ、外に出た際に隙を見てポストに投函した」

先ほど米沢から見せてもらったタブレットの画像で、宝石店の脇に郵便ポストがあったのを右京も享も確認したのだった。増田は確実に受け取るために配達員から直接受け取る方法を選んだのだが、それを知ったパスポートの滝浪は、滝浪正輝になりすましてその荷物を受けとろうとしていたのだ。

また、明美によると滝浪正輝は今日、大阪に行っているということだった。それもおそらく、パスポートの滝浪が警備員の増田を装って、宝石の送り先を大阪のホテルの一室にでも変更し、そこで落ち合おうと連絡したのだろう。ところが大阪のホテルに増田は現れず、宝石も届かず、当然、滝浪正輝は増田が宝石を独り占めしたと勘違いし、東京に戻って殺害した……。

右京の推測を聞いて、捜査一課の三人はすべて繋がることを確信した。

「じゃあ、どうも」早速動こうとした伊丹は、ドア口で右京を振り返って言った。「あぁ。これ以上、余計な真似はしないでくださいよ」

捜査一課の三人が部屋を出て行った後で、右京が享に言った。

「ただ、ひとつだけまだわからないことがあります」

「なんです？」

「パスポートの滝浪は、どうして滝浪正輝の部屋を盗聴していたのでしょう？」

「だからそれは、宝石強盗の情報を得るために……あれ？」

亨は自ら口にして、初めて時系列の矛盾に気がついた。

「ええ。この場合、流れから見て盗聴をしていたら宝石強盗の計画を知った……と考えるのが自然でしょうねえ」

「確かに」

「ええ。そこで今、ある可能性について確かめてもらっています」

ちょうどそのとき角田が小部屋に入ってきた。

「警部殿。調べてやったぞ」

「お待ちしていました」

「全ての仕事を止めて調べたんだよ、この口座情報」

それはパスポートの滝浪の銀行口座のことだった。

「しかし、そいつ相当悪いぞ。この二年で八つも口座を作って、それらがマネロンに使われた疑いがある」

「マネーロンダリング？」亨が首を傾げた。

「なるほど。これで全て繋がりました。課長」

右京に目配せされた角田は、腕時計を見ながら急にそわそわしだした。

「ん？　ああ、ごめんね」

「はい？」

「かみさんとメシ食う約束しちゃっててさ。仕事も残ってるし。話、また今度ゆっくりと、ね？」

そう言って小部屋を出て行った。

角田を見送ったところで、享が右京に訊ねる。

「このパスポートの滝浪は、もう宝石を手に入れちゃったんですかね？」

「彼とあのマンションに行った時に、彼はポストから配達員の入れた不在票を手に入れていました。おそらくあれが、宝石の入った荷物のものだったのでしょうねえ」

「こいつはパスポートで郵便局に戻ってきた荷物を受け取ることが出来る……じゃあまた、まんまとやられちゃったってことですね」

「パスポートの滝浪がシステムエンジニアだというのは嘘でしょうねえ。で、カイト君。〈もえぎ色の会〉ですが……」

「はい、調べました。就労困難者を支援するＮＰＯ法人で、名刺にあった皆本恵美さん、確かに実在しました」

「行ってみる価値がありそうですねえ」

「ええ。行ってみましょう」

六

翌日。パスポートの滝浪は、公園の池のほとりにいた。

「やはり、出てくると思ってました」

右京が声をかけると、滝浪は飛び上がるほど驚いた。

「ちょっと、なんでなんで？　刑事さん、どうして？」

右京は単刀直入に訊ねた。

「おととい銀座で起きた宝石強盗事件。その際に奪われた宝石は現在、あなたが持ってらっしゃいますよねえ」

「何、何？　いきなりー」

「とぼけますか？」

「とぼけるも何も、なんのことだかさっぱり……」

「そうですか。あなたは滝浪正輝になりすまして、あの部屋で荷物を受け取るつもりでした」

右京と享が交互に滝浪を追いつめる。

「しかし、あんたにとって誤算だったのは石段から落ちたこと」

「それがあったことで、あなたは配達時間に滝浪正輝の自宅にいることが出来ませんでした。配達人は不在票を残し荷物を持ち帰ってしまった」

「あんたは一刻も早く郵便局からその荷物を受け取りたかったが、俺たちについて回られる事態になってしまった。だからあんたは、自分が滝浪正輝であると証明して、早く俺たちから解放されたかった。まあ結局、証明することは出来ず、病院から逃げるという手に出るしかなかったわけだけど」

「いや、だからね、なんのことだかさっぱりわかんない」

なおも白を切る滝浪に、享はスマートフォンで郵便局の窓口の防犯カメラが捉えた不在郵便物を受け取る滝浪の写真を見せた。

「これ、あんただ」

「それは……」

滝浪は言葉に詰まった。

「持ってらっしゃいますよね、宝石」

右京が追い込むと、滝浪が逆に訊ねてきた。

「でも、なんで俺がここに来ることを？」

「〈もえぎ色の会〉」

「え？」

「皆本恵美さん」

「あ……」

「ええ。皆本恵美さんに協力してもらいました」

滝浪は右京の顔を見た。享が続ける。

「〈もえぎ色の会〉は、あんたの仕事の関係先なんかじゃない」

「そこであなたは、立野尚人《たてのなおと》という名前で生活支援を受けていたそうですねえ」

「彼女が全部話してくれたよ」

右京と享が〈もえぎ色の会〉に恵美を訪ねると、恵美は泣きそうな顔で告白した。

――神社の石段で立野さんを突き落としてしまったのは私なんです。

石段の下にいた女子高校生に見られたことにも、気づいていたらしかった。

――どうしていいかわからなくなってしまって……本当にすみません。すみません！

すみませんでした！

恵美は何度も何度も頭を下げた。

「このメールはそういうことだったのか」

滝浪は携帯の画面を開いた。そこには恵美からのメールがあった。

〈尚人さん　ごめんなさい／あなたにしてしまったことで、警察に疑われています。／

あなたに会って謝りたい。そして警察に行きます。／11時に平町南公園で待ってます。

「あなたは彼女を守るために本当のことを言わなかった」

恵美〉

右京の言葉に滝浪は頷いた。

「ひとつだけわからないことがありました。あなたがなぜ滝浪正輝のことを調べていたのか。われわれ、すっかり騙されてしまいました。本物の滝浪正輝とは一体誰なのか？　ええ、あなたこそが本物の滝浪正輝だったんですね。滝浪正輝名義の銀行口座を調べたところ、この二年間で作られた口座がいずれも詐欺や資金洗浄などの不正な目的で使用されていました。このような口座を作る人間にはある共通項があります。それは、他人物の身分を買った人間だということです。当然、警察が調べても、本人にはたどり着けませんからねえ。あなた、そんなことを繰り返している犯罪者に、自分の身分を売ってしまったんじゃありませんか？　あなたのことですからねえ、おそらくちょっとした金欲しさに。しかし、あなたはあることをきっかけに自分の身分を取り戻そうと考えた。違いますか？」

亨が滝浪の顔を覗き込んで言った。

「理由は恵美さんだろ？」

滝浪はふたりの顔をしげしげと見た。

「あんたら、すごいね！」

茶化そうとする滝浪を、享が諌《いさ》めた。

「いいから」

滝浪はひとつ深いため息を吐いた。

「もうダメだ」

右京が言った。

「ええ、もうダメです。さあ、本当のことを話して頂けますか？」

滝浪は恵美との出会いから語り出した。それはゴミ箱に捨てられた雑誌を回収して歩いている時だった。ろくに物も食べておらず、疲労も重なって路上にへたり込んでいるところへ、恵美がやってきた。

——何か困ってることありませんか？　私たち、こういうところから来てるんです。

恵美はそう言って〈もえぎ色の会〉の名刺を滝浪に渡した。

「最初はこういう施設があるので利用してくれという話だった。俺も最初はひやかし半分だった。でも、誰かが自分のことを気にかけてくれてるという、そんなごく当たり前のことが、なんだかやけに心地よくて……俺はもう、自分がそんな気持ちになることなんてないと思ってたんだけど、この人のために頑張ろう、なんて思ったんだ。そして俺たちは付き合い始めた。彼女は、俺が立野尚人という人間だと思っていた。いつか本当のことを話さなくちゃいけないなとは思ってたんだけど……」

そして滝浪は、恵美から妊娠したことを告げられたのだった。

——本当に？　えっ、本当。そっか……じゃあ俺、早く就職しないとな。父親だもんな！　フフフ、マジかあ。

滝浪はもちろん、喜んだ。

「でもその前に、売ってしまったものを取り戻さなきゃなと思った。滝浪正輝として家族と暮らすために。俺は今現在、滝浪正輝として生活している矢島安彦《やじまやすひこ》という男を見つけ出し調べ上げた。他人の名前を使って生活しているような人間だから、どうせ犯罪に手を染めてるんだろうなと思った。だからそれを警察に密告すれば……まあ自分自身も少なからず責めを負うことになるだろうけど」

「そうすれば失ったものを取り戻すことが出来る。そう思ったんですね？」

右京の言葉に滝浪が頷いた。矢島を尾行していた滝浪は合鍵の隠し場所を突き止め、留守の折を見つけて侵入し、コンセントに盗聴器を仕掛けた。そこで矢島と増田の会話を耳にしたのだった。案の定、彼らは宝石店強盗を計画していた。

「その計画の内容を知って、奴らが奪う宝石を横取り出来ると思ったわけだ」

享の言葉に、滝浪は頷いた。

「でもそんな俺の様子に、恵美は不信感を抱いた。俺は矢島を調べるために職探しをやめていたから。それで恵美は勘違いをして……」

あの日、滝浪は石段の上に座って盗聴器が発する会話内容をイヤフォンで聴いていたのだった。すると背後から恵美の声がした。

――ねえ、こんなところで何してるの？

――おまえ……つけてたのかよ。

――もう仕事探すのはやめたの？

――いやいやそういうわけじゃないけど。ちょっと、どうしたの？　また怖い顔して。

――もういいよ。私、子供は独りで育てるから。

――ちょっと、何言い出すんだよ。

――ここのところ毎晩帰りが遅いのも、私と顔を合わすのが嫌だからなんでしょう？

――いやいや、誤解だって。

――私、決めたから。

――いや、ちょっと待てよ！　ちょっと待てって！

そこで揉み合いになり、バランスを崩した滝浪は足を滑らせて石段を転げ落ちたのだった。

「俺は金でつまずいた。それで自分の名前を金に換えるような真似を……だから、金さえあれば、今度はうまくやれると思っちゃって。すいません」

素直に頭を下げた滝浪に、右京が言った。

「いいですか？　今回あなたは、窃盗、盗聴、住居侵入の罪に問われることになります」

「はい。すいません」

滝浪はバッグのなかから宝石の入った封筒を取り出して右京に渡した。右京は中身を確かめてから言った。

「罪を認めて、しっかり反省しなさい」

右京の顔を見た滝浪に、さらに享が言った。

「そうすりゃ、罪が軽くなるかもしれないぞ」

滝浪は一瞬考えてから答えた。

「はい。反省します」

享が友達を叱るような口調で言った。

「ちゃんとしなきゃでしょ。子供も出来たんだから」

右京がそれを受けた。

「ええ。そうした方がいいですね」

「はい」

滝浪は一歩下がってから地べたに膝をつき、涙を流してふたりに土下座した。そうして何度も何度も頭を下げた。

「ありがとうございます。本当にありがとうございました！　いろいろ引きずり回して申し訳なかったです。本当におふたりには感謝しています。ありがとうございました！　必ず立ち直ります！　頑張ります！　すいませんでした」

滝浪正輝こと矢島安彦は、逃亡先のビジネスホテルで捜査一課によって逮捕された。

「いただきまーす！」

「ここ、俺の上司のおごりだぞ」

事件の落着を見て、享は右京を伴って今回の発端となった三人の女子高校生、樹里、アミ、ユミにパフェをご馳走《ちそう》していた。

「おおー、マジ？」

喜ぶ三人に、右京が言った。

「いえいえ。われわれからのささやかな気持ちです。あなた方のおかげで犯人を逮捕することが出来ましたからねえ」

「うちらも社会の役に立ったんだ」とアミ。

「うちらやるじゃーん！」とユミ。

「甲斐、いい上司持ったじゃん」

樹里に言われて享はたしなめた。

「だから呼び捨てにすんなって」

「はーい」

「享ならいい？」とまた樹里。

「享も駄目！」

「はーい」

そんな部下と女子高校生の遣り取りを、右京は微笑ましい気持ちで見守っていた。


「で、その殺人犯の方は捕まったの？」

その夜、事件の顚末《てんまつ》を聞いて、笛吹悦子が享に訊ねた。

「ああ。本物の滝浪正輝がそいつの部屋を盗聴してて、潜伏先を聞いてたから」

「ふぅーん」

「宝石を手に入れたら滝浪正輝の名前を捨てて逃亡するつもりだったんだと」

「そう。でもなんか享、逆に事件解決してるよね」

「逆？」

「うん。えっ、だってその特命係ってさ、〝警視庁の陸の孤島〟とか言われてて捜査とかしないとこ……」言いながらさっきの享の反応に気づいて、悦子が訊いた。「私、

『逆』なんて言った？」

「言った。っていうか、『逆』って言葉は使うよね」

「うん。使うね」

「じゃあ、おまえもつっこまれるな」

「誰に？」

「杉下右京に」

「え？」

悦子はきょとんとした顔をした。


そのころ〈花の里〉では、女将の月本幸子がカウンター越しに右京の杯に酒を注いでいた。

「自分が自分であることを証明するって、ホント難しいんですね。わたしなんかパスポートも運転免許証も持ってないですから、どうしたらいいのか」

「日本は戸籍という独自のシステムを使い続けていますからねえ。他の先進国のように、生まれた時に番号が与えられるような制度があれば、また違うのかもしれませんが」

「国民総背番号制？」

「ええ。そうとも呼ばれていますねえ」

「うーん。それは、嫌だわ」

「はい？」

「番号をつけられるのは、もうこりごりですから」

「これは失礼。そんなこともありましたねえ」

遠い目をした右京は、徳利《とっくり》を手にして幸子に差し出した。

「え？」

「たまには、いいじゃありませんか」

右京は元〈ついてない女〉を、慈《いつく》しみの目で見ていた。

第六話　「交番巡査・甲斐享」

一

特命係の小部屋では珍しい光景が繰り広げられていた。天板いっぱいに領収書が散らばった机で、杉下右京が機関銃のような速さで電卓を叩き、甲斐享は計算済みの領収書に糊《のり》をつけて台紙に貼っていた。その脇で組織犯罪対策五課の角田六郎が、パンダカップを片手にふたりにねぎらいの言葉をかけた。

「悪いねえ、手伝わせちゃって。中垣内《なかがいち》組の事件で忙しくてさあ。経費の申請無視してたら、二度と経費は使わせませんって脅すんだぜ。ったくもう、経理の方が組なんかよりよっぽど怖えよ」

右京が電卓を叩く手を休めずに言った。

「いつも課長にはお世話になっていますから」

角田の部下の大木長十郎がドア口から首を出し、

「課長、行ってきます」

と声をかけた。隣のフロアは角田の言葉通り、ワサワサと動いている。それを垣間見て、享がぼやいた。

「俺はいつもお世話になってませんけど。まあどうせ暇でしたから。組対部は忙しそうでいいですね。俺も刑事課にいたら、今頃……」

それを聞いて角田が驚いた顔をした。

「ん？　なんだおまえ、刑事課にこだわってるのか？　いまどき珍しい奴だね」

「何が珍しいんですか？」

「いや、最近の若い奴にはさ、交番勤務とか内勤なんかが、休みがちゃんとしてるって人気でさ。刑事みたいな不規則な仕事、誰もやりたがらないんだと」

「まあ、子供の時に見てた刑事ドラマの影響っすかね」

素直過ぎるほど素直な享のリアクションに、右京も角田も噴き出した。

「それまたありがちな理由だね。本当かよ」

角田が突っついたところで、享のスマートフォンが着信音を鳴らした。

「あれ？　堀江係長……ちょっと失礼」

――隣の所轄から一報入ってな。六年前のストーカー事件覚えてるだろ。

前職場の中根署の元上司、堀江邦之がいきなり訊いてきた。

「ええ、もちろん。高田深雪《たかだみゆき》さんの事件ですよね」

――殺されたぞ。

「殺された？」

電卓を叩く右京の手が止まった。

「誰が、殺されたんですか？」

殺害現場では、捜査一課の伊丹憲一、三浦信輔、芹沢慶二、そして鑑識課の米沢守らがすでに初動捜査に入っていた。

死亡推定時刻は本日の午後六時、直接の死因は頸部《けいぶ》を切ったことによる出血性のショック死だった。そのあとも犯人は全身を四か所にわたり刺し続けていた。

「えげつないなあ」

米沢の報告を受けて、三浦が呆れ返る。

「犯人像について口出しすべきではありませんが、一般的に言って……」

米沢の言葉を伊丹が引き取る。

「被害者に強い恨みを持つ者の犯行」

頷いた米沢によると、現場からは家族のものではないと思われる指紋がいくつか見つかっているが、犯行後に拭き取ろうとしたらしくいずれも断片であり、繋ぎ合わせるのには時間がかかりそうだということだった。

「身内は？」

伊丹が米沢に訊ねた。

「ご主人と現在入院中のお子さんがひとり。ご主人は大阪への出張から帰ってきたらこのありさまだったらしく、随分ショックを受けているようです」

「旦那が第一発見者か……」

伊丹が呟いたところへ、当の被害者の夫、奥山誠《おくやままこと》が別室からやってきた。

「あのう、病院に行かないといけないんですが。息子が心配するので」

沈んだ表情で脇の刑事に告げている奥山に、伊丹が声をかけた。

「ちょっといいですか。警視庁捜査一課です。二、三、伺っておきたいことが」

「なんでしょうか？」

「今日出張だったそうですが、午後六時、大阪のどちらにいらっしゃいました？」

奥山は伊丹を睨み返した。

「どういう意味ですか？」

「形式的な質問ですから、あまり気になさらずに」

三浦が取りなす。

「大阪で会社のセミナーに出席していました」

「ほう。そこの連絡先は？」

「会社に訊いてもらえばわかると思います」

そのとき、裏手の窓の方から聞き覚えのある声がして伊丹が眉間に皺を寄せた。

「なるほど。ここから侵入したようですねえ」

「警部殿！」

三浦が振り返って叫んだ。伊丹は咄嗟に米沢を指して睨みつけた。

「いやいや、私じゃありませんよ」

米沢がぶるぶると首を振る。右京と享がこちらにやってきた。

「どうも」

澄ました顔の右京に、伊丹が訊ねる。

「どこで嗅《か》ぎつけてきたんですか？」

「今日はぼくはカイト君のお供で来ました」

「お供？」

怪訝な顔をする伊丹の脇から、享が奥山の前に進み出た。

「お久しぶりです、奥山さん」

「甲斐さん？」

奥山が驚いた顔をした。

「知り合いか？」

伊丹が訊ねる。

「ええ、交番時代にちょっと」

奥山は享の顔を見て、今まで押し込めてきた感情が一気に堰《せき》を切って流れてきたようだった。

「甲斐さん！　深雪が、深雪が！」

奥山は享の手を握って泣き崩れた。

享の頭のなかに六年前の箱番時代の事件が浮かび上がった。あれは出来事といえば落とし物一件という、ごく平和な一日の幕が間もなく下りようとしていた頃だった。同僚と暇をかこっているところへ、警視庁からの無線が流れてきた。ごく近いところにある公園で女性が襲われたという連絡だった。その場所にいち早く自転車で駆けつけようとした享は、急ぐあまり曲がり角で人にぶつかってしまった。謝って体勢を立て直し現場に到着すると、公園のベンチの脇でスーツ姿の男性が手を振って叫んでいる。そのそばでは若い女性が地面に横たわって、うめいていた。男性によると前に付き合っていた男に何か液体をかけられたという。見ると腕と首のあたりの皮膚が無残にも赤く爛《ただ》れていた。そして地面にはふたりのスナップショットが散らばり、中の一枚はふたつに引き裂かれていた。

その女性が深雪で、傍らで興奮していた男性が奥山だった。

「しっかりしてください、奥山さん」

不幸な出来事によって再会した奥山を、享は力づけた。

二

翌朝、右京が登庁すると、享はすでに自席に座ってパソコンの画面を睨んでいた。

「おはようございます。昨夜の事件ですね？」

右京が画面を覗き込むと、犯罪者のデータベースが開かれていた。

「ええ、奥山さんと出会ったのは六年前のストーカー事件なんです。深雪さん、元彼につきまとわれていて、奥山さんと付き合って少ししてから、その元彼に硫酸《りゅうさん》かけられたんです。逮捕したのは俺です」

「久保亮二《くぼりょうじ》。逮捕当時二十五歳、元プログラマー。殺人未遂で懲役五年の判決を受けていますねえ」

右京が画面に出ている人物のプロフィールを読み上げた。

「けど三年半で仮出所して、今じゃ観察期間も終わってます。保護観察所に問い合わせてみましたが、斡旋された仕事もとっくに辞めていて、足取りはつかめませんでした」

「この男が深雪さんを殺したのではないかと」

「はい」

右京は脇に置かれた調書に目を移した。

「この事件のあと、奥山さんは引っ越しをしているんですねえ。ん？ 仮にこの久保が犯人だとして、どうやって深雪さんの居場所をつかんだのでしょうね」

「どっかで調べたんじゃないですか？」

「居場所だけではありません。なぜあの日、あの時間を狙ったのでしょうねえ。平日午後六時といえば、家族がうちにいてもおかしくない時間です。現に奥山さんは普段ならば帰宅しているとおっしゃっていました。まるで奥山さんの出張を知っていたかのようですねえ」

「じゃあ、犯行前に奥山さんのことを調べてたってことっすか？」

「その辺りちょっと探ってみましょうか」

「はい」

そこで右京は話題を移した。

「ところで、きみはなぜ現場で久保の話をしなかったのですか？」

享は少し言いよどんだ。

「そりゃ……まだ久保が犯人だって決まったわけじゃないし」

「それだけですか？」

右京に見破られて、享は本心を口にした。

「奥山さんがいたからです。下手なことを言えば、自分で久保を捜そうとするんじゃないかと思って……」

　享の頭に、再び当時のことが甦った。救急車で運び込まれた病院でひとまず治療を受け、深雪が眠りについた病室の外で、奥山は暗い表情をしていた。中根署から駆けつけた堀江やその部下の沢田泰三、それに女性警官の中條江美《なかじようえみ》らが帰った後ふたりきりになると、奥山は享に言った。

　──深雪、前の男によく暴力を振るわれていたんです。ひと月前にも呼び出されてケガして帰ってきて。いいから連絡を絶てってぼくが言いました。相手にしたらつけ上がるだけだからって。それがこんなことに……深雪のためみたいなこと言いましたけど、本当は前の男に会われるのが嫌だったんです。ぼくのせいで深雪が……。

　享は奥山を慰めた。

　──自分を責める必要はありませんよ。理由はどうあれこんなことしていいはずがない。

　奥山は享にすがるような目で訊ねた。

　──久保の行方はまだつかめてないそうですね。深雪、大丈夫なんですか⁉

　──心配しないでください。ぼくら警察が全力を挙げて捜し出します。

　奥山は震える声で訴えた。

んから。

——お願いします！　今度、深雪の前に現れたら、ぼく自身、何をするかわかりませ

た。

奥山に心から同情した享は、翌朝、中根署の刑事課を訪れた。そして刑事たちに訊ね

——久保の捜索どうなってますか？

一介の交番の巡査が刑事課に乗り込み、捜査に口を出すなど前代未聞のことで、沢田をはじめ刑事たちは色をなした。係長の堀江が言った。

——おい、犯人許せねえって気持ちは買うが、縄張りを荒らすのはよくないぞ。部署のメンツってのがあるんだから。

享が迫る。

——あの事件、最初に現着したのは俺だって知ってますよね。

——だからっておまえのヤマって話じゃないだろう。

享が自分のミスを挙げて、訴えた。

——俺が犯人逃がしたんです！　現場に向かう途中通行人とぶつかったんです。手配書見るまで気づかなかったんですけど、確かに久保でした。

——聞いたよ。仕方ないだろう。あの状況じゃ誰だって現着を優先する。

堀江になだめられても、享の気持ちは収まらなかった。

──どこか挙動不審なところがあったんです。とっさに事件と結びつけることも出来たはずです。

堀江はまわりの刑事たちの怒りを察して、享を部屋の隅に誘った。

──ちょっと来い。いいか？　久保が硫酸なんかぶっかけたのは、深雪さんの見た目が変われば奥山さんが捨てて自分のもとへ戻ってくると思ってのことだ。

──どうしてそんなことわかるんですか？

──久保の部屋を家宅捜索したら、そう書かれたメモが見つかった。ただのメモじゃない。見方によりゃ遺書だ。彼女が戻ってこなかったら殺して自分も死ぬって書かれてた。心中のつもりらしい。久保はまた彼女を狙うだろう。そして、次に久保が現れるとしたら深雪さんが退院した時だ。そこを狙うつもりだった。

深雪と久保の仲には、自分が知り得ないことが潜んでいるのを享は感じたが、かといって自らの久保に対する怒りを抑えようもなかった。

「行きましょうか」

右京に促されて我に返った享は、

「はい！」

と威勢のいい返事をした。

右京と享は奥山の勤める大手不動産会社を訪ね、上司の古川裕之《ふるかわひろゆき》に面会した。古川は昨日来た捜査一課の三人にすべて話したとした上で、ふたりの質問にも嫌な顔をせずに答えた。享が捜査一課の質問の内容を訊ねると、古川は言った。

「奥山くんが参加したセミナー会場の連絡先と、あと他に大阪にいたことが証明出来ることはないかって。一応、昨日の七時頃、向こうから電話がかかってきたんで、そのことは言っときました。駅にいたみたいで、後ろから『新大阪』ってアナウンスも聞こえてましたよ」

次に右京が奥山の大阪出張の頻度を訊ねた。古川によると、本社があるので月に一、二度、それも決まった日ではなくてその時々に行くらしい。外部の人間が出張の日程を知ることができるかといえば、来客者からでも目に入るホワイトボードに社員の予定が記されているので、知ろうと思えば出来なくはない、とのことだった。

「ちなみに、この男が店に来たことありませんか？」

享が久保の写真を示した。

「日に何十人も来店されますんで……この方が何か？」

「いえ。ありがとうございます」

すると古川が不安そうな表情で訊ねてきた。

「ひょっとして奥山くん、疑われてるんじゃ……」

右京が手を振って否定した。

「いえいえ。この手の質問は関係者全員にしていますので」

古川は安心した顔になった。

「ああ、そうですよね。子供さんの手術が終わったばかりで、奥さんの手が一番必要な時期にこんなことになって……」

「お子さんが手術したんですか？」

享が訊ねると、古川が答えた。

「ええ、でも無事成功したらしいですよ」

三

右京と享は鑑識課へ赴き、バラバラだった指紋を繋ぎ合わせた結果を米沢から聞いた。

「前科者照合したところ出てきたのはこの男です」

米沢はプリントアウトしたデータを見せた。

「久保亮二ですね」

右京が言うと、米沢が驚いた。

「もうご存じで？」

「ええ、まあ」

「相変わらず早いですなあ」

享が米沢に訊ねる。

「奥山さんのアリバイ取ってたみたいですけど、捜査本部はそっちも疑ってんすか？」

「初動捜査の一環でしょう。最初の捜査会議から久保の事件や被害者が地元の警察に相談していたことなど出てきてましたから。奥山さんについては裏も取れてますし。これなんですけども……」米沢は机の引き出しから画像のスチール写真を二枚出して示した。

「セミナー会場の様子をビデオで記録したものです。それから奥山さんが会社にかけた電話の発信基地局も大阪でした」

「こちらは？」

右京がもう片方のスチール写真を指す。

「こちらはセミナー会場の廊下の防犯カメラの映像です。大阪府警に依頼して入手しました」

「ターゲットは久保ですね」

右京が訊くと、米沢が頷いた。

「祐天寺《ゆうてんじ》警察署の管内で久保らしき人物の情報を得たということなので、確保は目前でしょう。しかし問題はここからでしょうなあ」

「問題？」享が聞き返す。

「ええ。ご存じのとおり、立件するためには司法が定めた特徴点の一致が十二点以上必要です。この指紋は断片の寄せ集めですからねえ」

「証拠能力がない」

「徹夜で作業したんですけども残念ながら……」

「ところで、こちらの指紋は六年前の事件で採取されたものですねえ。なぜ左右三本ずつなのでしょう？」

右京はパソコンの画面を指した。確かに二列に並べられ、今回採取したものと比較されている下の列の指紋は、左右三本ずつ計六本の指の指紋であった。

米沢が答える。

「遺留品から採ったものでして。六年前、おふたりは公園で旅行の写真を見ていたそうです。そこに突然、久保が現れて写真を奪い、このような感じで破り捨てた。そして硫酸をかけた」

米沢は左右の指三本で写真をつまみ破る真似をしてみせた。

「なるほど。その時に付いた指紋というわけですか」

「その時にはきれいに採れたんで問題はなかったんですが、今回はもし久保が否認したら、他に物証がないときついでしょうな」

享の脳内ではまた六年前のことが再生されていた。

享が病院を訪れると、深雪の病室の前の廊下で奥山が両親に挟まれて何やら揉めていた。遠巻きに聞いていると、どうやら両親はふたりの交際に反対しているらしい。奥山の父親は会社を経営しており、息子に継がせるにあたり、深雪は嫁としてふさわしくないと思っているようだった。享が三人の前に出ると、奥山は恥ずかしそうに謝った。ノックして病室に入ると、深雪は打ちひしがれた顔をしていた。廊下での会話を耳にしてしまったのかもしれなかった。

——私、退院しても大丈夫なんでしょうか？

深雪が不安そうな表情で訊ねる。

——まだ捕まってないんですよね？　久保。

奥山も享に訊いた。

実はそのことで相談があって来たのだった。

享はある計画を練っていた。退院した日の夜、女性警官である中條江美に変装させて深雪のアパートから外出させる。つまり替え玉を使って久保をおびき出そうという計画だった。

幸い江美の協力を得ることができ、計画は実行へ移された。そして狙い通り、久保は変装した江美を本物の深雪だと思い、抱きついてきた。しかし江美の顔を見てはめられたことを悟った久保は、逃走した。享は追いかけ、追いついたが、久保は合気道を習っているらしく、一筋縄では行かなかった。享の上に馬乗りになった久保は、ポケットからナイフを出し、享に突きつけた。享はついに拳銃を抜いた。そして久保をはねのけると、逆に久保の上に立ち、拳銃を向けた。享自身、正気を失っていた。あのときもし、江美が止めに入らなかったら……。

「何か気になる点でも？」

米沢の声で、享は現実に引き戻された。

「いや、ちょっと昔のことを思い出して……」

祐天寺警察署から久保が寝泊まりしている場所の情報を得た捜査一課の三人は、その付近に車を停めて張り込みを続けていた。もう二時間も経つが、久保が現れる気配はなかった。

「もう、目障りだなあ！　おい、なんとかしろ」

伊丹が前方に停まっている小型車を顎で指した。

「はい」

芹沢が運転席を降りて、その小型車に駆け寄った。

「おや、これは奇遇ですねえ」

窓を開けて右京が芹沢を仰ぎ見た。

「〝おや〟じゃないですよ。誰に聞いたんですか?」

「このようなときはいくら手があっても困ることはないと思いまして」

右京がしれっと応える。

「それが困るんです。帰ってください」

「おや」

右京がバックミラーを見て言った。

「だから〝おや〟じゃないって……」

「出てきたようですよ」

右京に言われて振り返ると、久保がこちらに歩いてくるのが見えた。

「芹沢!」

伊丹が後方から叫んだ。すると久保が全速力で駆けてくる。芹沢は両手を広げて捕まえようとしたが、久保は脇道に入って駆け抜けた。

結局、追いついた享が久保のボディに二発パンチを入れ、伊丹が手錠をかけた。荒い息で享が右京に言った。

「この野郎、合気を使いやがるんですよ」

捜査一課のフロアを見回りにきた刑事部長の内村完爾に、参事官の中園照生が揉み手をして報告した。

「久保の身柄を確保したようで、現在取り調べ中です」

「そうか、よくやった」

内村は仏頂面を多少緩めた。

「はあ。ただ、まだ物証が……」

「関係ない」

「は？」

内村は再び厳しい顔に戻った。

「一刻も早く落とすように伝えろ。ガイシャは警察に相談していたにもかかわらず殺された。マスコミが騒ぐとまずい。早急に解決して批判を避けねばならん」

「はっ！」

取調室では久保を囲んで、きつい尋問が始まっていた。

「深雪さんは三週間前、警察に相談している」

伊丹が睨みつける。

「つけ回してたの、おまえだよな？」

芹沢が迫る。

「知りませんよ」

「十九日の午後六時、どこにいた？」

正面に陣取っている三浦が机を叩いた。ビクッとした久保は、口をつぐんだ。

「今さら黙秘なんて通用すると思うなよ。ほら、ほらあ！」

芹沢が二枚の写真を久保の前に放り出した。そこには駅の前に佇《たたず》む久保が写っていた。

「深雪さんの自宅の最寄りの駅。監視カメラの映像だ。時刻は午後五時半。犯行時刻直前だ！」

三浦が怒鳴ると、伊丹が凄んだ。

「どうしておまえがここにいるんだ？　ああっ⁉」

「深雪に呼び出されたんですよ」

久保はそう言ってポケットからスマートフォンを出し、深雪からのメールを開いて芹沢に渡した。

そのメールの本文を、芹沢が読む。

〈もうつきまとうのはやめてください。話があるなら十一月十九日の午後五時半、祐天寺駅で待ってます。それで終わりにしましょう。返事はしないで。夫や子供に迷惑かけ

たくありません〉

「で、行ったのか」と三浦。

「ただ会ってひと言言いたかっただけです。俺はつきまとってなんかいないって。三年半も刑務所にいて気持ち変わったんですよ」

「それを信じろってのか」

伊丹に言われて、久保は開き直った。

「だったら、ぼくがやったって証拠でもあるんですか?」

「あのなあ、現場にはな……」

言いかけた芹沢が、伊丹に制せられて口をつぐんだ。

「指紋の話は出来ないんですね」

別室で取り調べの様子を見ていた享が右京に言った。

「このままでは埒が明かないようですねえ……行きますよ」

右京は久保を睨んで動こうとしない享に声をかけた。

四

右京と享は奥山の息子、大輝《たいき》が入院している病院を訪れた。病室の大輝のベッドの脇には奥山が座り、大輝の頭を撫《な》でて言い聞かせていた。

「先生がもうちょっとで退院出来るってさ」

「今日はお母さん来ないの？」大輝が訊いた。

「そのことなんだけど……お母さん、ちょっと用事があってな。大輝が家に帰ってもしばらく留守にしてるんだ」

「用事って？」

「それは……」

奥山が言いよどんだところへ、享が声をかけて奥山を廊下に呼び出した。

「ひょっとして大輝くんには深雪さんのこと、まだ……」

病室から離れた場所で、享が口にした。

「聞こえてましたか。まだ体調が安定したばかりなんです。ショックでまた悪くなってしまったらと思うと、怖くて言えなくて」

「どのようなご病気ですか？」右京が訊ねる。

「再生不良性貧血です。検査をしたら奇跡的に深雪の造血《ぞうけつ》細胞と適合したんで移植したんです。やっとよくなって、これなら学校にも行けるねって言ってたのに」

「あのう、奥山さん……」

享が切り出すと、奥山が先回りをした。

「聞きました。深雪を殺したの、久保だったそうですね」

「今取り調べ中です」右京が応じる。

「犯行は認めてるんですか？」

「現状では否認しています」

右京が答えると、奥山は声を荒らげた。

「なら釈放してください！　そしたらぼくが！」

「奥山さん！」

享がなだめる。

「われわれも犯人は久保でほぼ間違いないと思っています。ですが、現場から見つかった指紋だけでは証拠として不十分なんです」

右京の言葉を享が受ける。

「なんでもいいんです。もう一度、家に帰ってみて少しでも証拠になりそうなものが見つかったら連絡くれませんか。それさえあれば久保を立件することが出来ます」

奥山はそれには答えずに、別のことを口にした。

「このまま警察に任せていいんですかね？」

「はい？」享が聞き返す。

「聞きましたよ。今回深雪、警察に相談したんですってね。でも深雪は殺されてしまった。警察は何もしてくれなかったってことじゃないですか！」奥山は享の襟を摑んだ。

「甲斐さん、裁判の時もそうだったでしょ？　人を殺す人間を、なんで五年程度の判決で済ませたんだ！」そして泣き崩れた。

「久保が落とせないかもなんて話、教えてよかったんですか？」

特命係の小部屋に戻ってきたところで、享が右京に訊いた。

「奥山さんにですか？」

「これでもし釈放なんかされたら、本当に殺しかねませんよ」

そこに米沢がやってきて、久保を立件できそうだと告げた。明日検察に身柄を引き渡すという。

「何か出てきましたか？」右京が訊ねる。

「ええ。先ほど凶器が発見されまして。久保がいた駅周辺の排水溝の隙間に滑り込ませてあったそうです。今度は特徴点十二点以上一致しました」

米沢が手にしている指紋の一致状況を表したペーパーを右京が覗き込む。そこには六年前の指紋と今回凶器から採取された指紋それぞれ三つずつが並べられていた。

「一致しましたか……」

右京が意味深な目でそれらを見ていた。

「奥山さんにこのこと知らせてあげてもいいですか？」

享が目を輝かせた。

「きみはよほど奥山さんのことが気がかりなようですね」

「俺はあのふたりがどんな思いで一緒になったか知ってますから」

享の頭にふたりの結婚式の光景が浮かんだ。両親の反対を押し切って、苦労に苦労を重ねた上のゴールインだった。

「米沢さん、どうもありがとう」

右京が礼を述べた。

「あっ、じゃあ私はこれで」

病院では奥山が両親に大輝を預かってくれるよう頼んでいた。

「病気のことだってあるし仕事だって忙しくなる。俺一人じゃ面倒見る自信がないんだ」

「そりゃ、私は構わないけど」

母親が頷いた。

「大輝のことは心配するな。ただ、おまえもまだ若いんだ。もう一度ちゃんとした相手を探して、一からやり直せ」

父親もようやく息子への思いを取り戻したようだった。

奥山は大輝のベッドの傍らに両親を連れて行った。

「大輝、覚えてるか？　おばあちゃんとおじいちゃんだ。退院したらしばらくの間一緒に暮らすんだ」

大輝は馴染みのない祖父と祖母に戸惑っていた。

「帰ったら退院祝いしなくちゃね。フフ……」

母親はこれまでは距離が遠かった孫を慈しみの目で見やった。

「元気でな」

奥山はまるで今生の別れを告げるような深刻な表情で、大輝の手を握った。

病院の玄関を出たところで、奥山は右京と享に出くわした。

「息子さんもうすぐ退院だそうですねぇ」

右京が微笑みかける。

「おかげさまで。久保はどうなりました？」

「その話なんですが、久保の指紋が付いた凶器が見つかったんです。今度は十分な証拠能力があります」

享が明るい顔で告げた。

「そうですか……よかった。これで深雪も少しは浮かばれます」

奥山が嬉し涙を押さえた。

「再犯ですし、今度こそ出て来られないと思います」

「ありがとうございました」

ふたりに頭を下げ立ち去ろうとする奥山を、右京が人さし指を立てて呼び戻した。

「ああ、ひとつよろしいでしょうか。どうしても引っかかっていることがありまして」

「なんでしょうか」

奥山が怪訝な顔で右京を振り返った。享も同じ気持ちで右京を見た。

五

右京は奥山を病院の屋上に連れ出した。

「今回見つかった久保の指紋ですが、薬指と小指は擦《す》れてほとんど消えかかっていました。つまり、はっきりと残っていたのは三本だけなんです」

「それがどうしたんですか？」

享が不服顔をした。

「深雪さんが殺害された部屋から見つかった指紋も三本、そして六年前久保が残した指紋も同じく三本。これ……妙だと思いませんか？」

「いや、そういうこともあるんじゃないですか？」

亨には右京の真意が測りかねるようだった。

「そう言って偶然で片付けてしまっていいものかどうか、どうも腑《ふ》に落ちないんですよ。そこであれこれと思い巡らせているうちに、ある考えにたどり着きました。もし今回見つかった三本の指紋が全て同じ指紋のコピーだったとしたらどうでしょう。つまり、何者かが今回の事件を久保の犯行に見せかけるために、六年前の指紋から複製したということです」

「指紋を複製？　フッ、そんなこと一体誰が……」

嘲《あざけ》るように言う亨に右京が言った。

「証拠品が持ち主に返却されることは知ってますよねぇ」

「え？」

亨を置いて右京は奥山に向かった。

「ええ、そうなんです。あなたならばそれが出来るんですよ、奥山さん。最近ではネットなどを通じて一般の人間でも指紋採取の道具を手に入れることが可能です。指紋のデータさえあれば、偽の指紋を作ることが出来ます」

それを聞いた奥山が、論外だというように言った。

「なんでぼくがそんなことをしないといけないんです」

そこで右京が信じられないことを口にした。

「もちろん、深雪さんを殺したのはあなただからですよ」

最も当惑したのは享だった。

「なっ、何言ってるんですか、杉下さん！」

右京は享を見やった。

「きみには受け入れがたいかもしれません。しかし、残念ながらそれが真相です」

享には何が何やらわからないことだらけだった。

「えっ、ちょっ、ちょっと待ってください。奥山さんが犯行時刻に大阪でセミナーを受けていたこと、確認しましたよね」

享の疑問に、右京が答える。

「アリバイならばさほど難しいことではありません。あなたは時間どおりに会場に行き、あえて防犯カメラに顔を映しておき、すぐに会場を出て東京に向かう。セミナーの最中は髪形と背格好の似た身代わりを立ててご自分が着ていたコートを脇に置かせたんです。つまりあの映像に映っていたのはあなたではなかったということですよ」

「だったら電話は？　発信した基地局も大阪だったはずです」

享が反論した。

「携帯電話、よろしいですか？」右京は享からスマートフォンを借り、そのからくりを解いた。「あなたは大阪に残った協力者にご自分の携帯を渡しておき、新大阪駅から東京にいる自分の上司に電話をかけさせる。そして、その協力者は自分の電話をあなたと繋ぎ、あとはこうするだけです」右京は自分の携帯の通話口と亨のスマートフォンのマイクを重ねた。「これで東京にいながら大阪の基地局を使って会話をすることが出来るというわけです。その後は速達で携帯を返送する。ああ、そういえばあなたは警察への通報は深雪さんの携帯からなさったそうですねえ。手元にご自分の携帯がなかったからではありませんか？」

亨はまったく納得が行かないようだった。

「じゃあ久保は？　久保は深雪さんにつきまとっていた」

「深雪さん自身、はっきりと確認したわけではありません。もしつきまとっていた男が顔を隠した奥山さんだったとしたら？　さて、続けましょう。東京の自宅に戻り深雪さんを殺害したあなたは、久保の犯行に見せかけるための工作を施したというわけです。それから犯行時刻の久保のアリバイを無くすために、あなたは事前に深雪さんの携帯を使って久保を誘い出すメールを送っていますねえ。日時と場所を指定するメールを送り、すぐに送信済みメールを消去する。向こうからのメールは自動的に拒否される設定になっていましたから、あなたは深雪さんに気づかれずに久保を誘い出すことが出来るというわけです」

右京の説に次第に真実味を感じつつある亨と目が合った奥山が言った。

「甲斐さん、まさか甲斐さんまでそんなふうに考えてるんですか？」

「ああ、いや。俺は……」

右京が続ける。

「まだ認めませんか？　では、あなたはなぜ一度現場に残した指紋をわざわざ拭き取って断片的にしか残さなかったのでしょう。おそらくあなたは不安だったのでしょうねえ。果たして偽物の指紋で警察を騙し通せるものかどうか。だからあえて不鮮明な指紋を残すことで、少しでもごまかすことにしたんですよ。あなたが不安になるのも無理はありません。だってあなたは、犯罪のプロではないのですから。しかし、慣れないことはやるものではありませんねえ。あなたは致命的なミスを犯していました」

「ミス？」

奥山が眉をひそめた。

「三本の指紋のうち、一本は久保のものではなかったんですよ。調べたところ、うちの捜査員の指紋でした。おそらく証拠品を扱う際に誤って素手で触ってしまったのでしょうねえ。それをあなたは久保のものだと思い込んで、指紋を作ってしまったというわけです」

「違う、違う！」

奥山は激しく首を振った。

「六年前に捜査員が誤って付けてしまった指紋が今回の凶器にもまた付いていた。おかしいですねえ」

「奥山さん」

　享は奥山をじっと見た。

「まだあなたは、言い逃れ出来ると思いますか⁉」

　右京は声を荒らげた。完膚《かんぷ》無きまでに追い込まれた奥山は、とうとう観念した。

「深雪は……ずっとぼくを騙していたんです」奥山が口を割った。「大輝の造血細胞移植のために深雪とふたりで適合検査を受けました。HLAという抗原の検査です。HLAは両親から半分ずつ受け継がれるものだそうです。完全には一致しないにしても、ぼくの結果だけはただのひとつも一致していなかったんです。気になって深雪には言わず親子鑑定を受けました。大輝はぼくの子じゃなかった。時期からして考えられるのは久保しかいません。六年前、深雪は久保と会ってケガをして帰ってきたことがありました。暴力を振るわれただけだと言っていたけど、本当は何かあったんです」

「そんな……」

　享は我が耳を疑った。

「なのに深雪は言わなかった。そんな大事なこと、言えなかったじゃ済まない！　ぼくは必死に働いて久保の子供を養ってたんですよ！　ぼくは出来る限り深雪を大切にしてきた。だから親と縁を切ってまで結婚して。だけど、結婚したあとも事件の記憶は消えない。深雪には言わなかったけど、ずっと苦しみに耐えてきてたんです。なのに……だからこそ許せなかった！」

「奥山さん」

享の心のなかにまだ一分ほどはあった奥山への同情心も、次の右京の言葉で容赦なく打ち砕かれた。

「その悲痛な言葉は、裁判での情状酌量を狙うものですか？　ああ、そう。まだあなたの協力者について触れていませんでしたねえ。明らかにあなたと共犯になるとわかっていながらここまであなたに協力する。それは一体、どんな人物なのでしょう？　ちなみに、あなたの身代わりになった男、彼はおそらく真の協力者にただ連れて来られただけでしょう。あの映像で少しでもあなたの身代わりの顔が映ってしまえば、逆にあなたがセミナー会場にいなかったことの証拠になってしまう。しかし、あなたにはそうならない絶対的な自信がありました。なぜならば、あの映像を撮影し、編集した人物こそが、あなたの真の協力者だからです。すでに大阪府警に連絡をして身柄を確保してもらいました。名前は井上祥代《いのうえさちよ》。三年前、大阪本社に入社。あなたのことをとても慕っていたそうですねえ。外に愛人を作ったのは、あなたの言う苦しみからですか？」

「愛人？」

享の顔が歪《ゆが》んだ。

「井上祥代の供述によれば、あなたとの関係が始まったのが二年前。大輝くんが発病したのが去年。これは何を意味するのでしょう。親子関係の事実が発覚する前に、奥山さん、あなたの深雪さんに対する愛情はすでに冷めていたのではありませんか？」

「そんな……嘘でしょう？　あんなに……あんなに深雪さんのことを愛してたじゃないですか」

享もまた、右京の言葉に衝撃を受けていた。

「自分でも……驚いてます」

奥山が虚ろな目で呟いた。

「じゃあ、どうして！」

「理由は……ありません。ただ、人の気持ちは変わるんですよ。どうしようもなく、変わるんです」

享には届かない真実だった。

右京が最後の一撃を見舞った。

「最後にひとつだけ。あなたは深雪さんがどれほど苦しんだか考えたことがありましたか？　どれほど孤独だったか考えたことがありましたか？　誰よりも苦しかったのは深雪さんだったと、ぼくは思いますよ」

その言葉にはじめて本当の涙を流した奥山に、右京は厳しい声をかけた。

「行きましょうか」

「はい」

ただひとり、享だけがその場を動くことが出来なかった。

六

「では、ぼくは約束があるのでお先に失礼します」

特命係の小部屋を出て行こうとする右京に、享が声をかけた。

「よく平気であんな嘘がつけますね」

「はい？」

「指紋の話です。久保の指紋に警察官の指紋が交ざってたなんて」

「いささか乱暴だったのは認めます」

「いつわかったんですか？」

右京は手にした鞄をテーブルに置いた。

「強《し》いて言えば、彼の着ていたシャツでしょうか。出張帰りだというのに、あまりにもはっきりとアイロンがけのあとが残っていました。新幹線やセミナーで長い時間、背もたれに寄りかかっていたはずなのに。おそらく犯行の際に返り血を浴びたために、着替えたのだろうと思いました」

「じゃあ、最初から……」

亨は驚愕した。

「どうして黙ってたんですか？」

「奥山にわれわれの目が久保に向いているように思わせたかったんです。しかし、われわれには決め手がない。そう伝えれば、きっと何か強引なことをしてくるだろうと思いました」

「指紋の付いた凶器を出させるために、俺を利用したんですか？」

亨には、なおショックなことだった。

「きみはどこかで、犯人が奥山であってほしくないと望んでいる節がありました。そんなきみにぼくの考えを話せば、捜査の邪魔になるようなことをしかねないと思ったものですからねえ」

亨はこの上司の冷血さに無性に腹が立った。

「あんた！」

「いいですか！」

亨が机を叩いて立ち上がるのと同時に、右京の雷が落ちた。

「われわれは殺人事件の捜査をしていたんですよ！　人が人を殺すんですよ！　そのよ

うな事件で私情を挟むことは決して許されません。われわれの仕事は、犯罪者を捕まえることです」

そう言い置いて、右京は小部屋を出て行った。残された享は感情の持って行きどころがなく、テーブルの上のチェスの駒を手ではじき落とした。

右京が帰りに立ち寄った小料理屋〈花の里〉では、かつてない奇妙な光景が繰り広げられていた。右京の斜め向かいのカウンター席に、甲斐峯秋が座っていたのだ。

「へえ！　カイトさんのお父さんなんですか？」

女将の月本幸子が驚きの声を上げる。

「杉下くんの行きつけのお店をのぞいてみたくてねえ」

「ゆっくりしていってください」

「ありがとう」

峯秋と右京は同時に杯を呷《あお》った。峯秋が杯を置いて言った。

「聞いたよ。また倅が迷惑かけたんだってね」

「迷惑というほどでは……」

「個人の思い入れから犯人を見誤るなんてのは、相変わらず警察官としての本質が出来てないんだ」息子の不肖をかこつ親が、右京に訊ねた。「ひとつ聞いていいかな」

「はい？」

「きみもそうなんだけどね、どうしてみんなあんな男を欲しがるんだろうかねえ。刑事課に引っ張り上げられたと聞いた時も私にはわからなかった」

「むしろ警察官としての、いえ、それ以前に人としての基本が出来ているからでしょうか」


峯秋は苦笑した。

「本当にどうもきみは……倅に甘すぎるね」

「えっ？」

甘すぎる、という言葉しか耳に入らなかった幸子が振り向いた。

「あっ、いや、酒のことじゃない。これはいい」

峯秋は杯を重ねた。

その享は帰りに待ち合わせた笛吹悦子と肩を並べて夜の街を歩いていた。

「悦子さあ……今の仕事、自分に向いてないかもとか、思ったことある？」

「あるよ」

「そんな時どうするの？」

「享も頑張ってるんだろうなって、そう思って乗り切ってる」職場で何かあったと察した悦子は、サバサバした口調で言った。「辞めたきゃ辞めれば？　だからって捨てたりしないからさ」

ぽんと肩を叩くと、人混みのなかで享が悦子を抱きしめた。

「なに？　急に」

「別に……」

「もう。人が見てるって」

「いいじゃん」

「馬鹿。ちょっと、放せ！」

照れる恋人に回した腕に、享はより力を込めた。ふたりの戯《たわむ》れは、都会の雑踏に紛れて消えた。

解説

日本の優れた刑事ドラマ

津村記久子

刑事ドラマが好きだ。もともと、小さい頃から親しんでいて、周囲の女の子たちがトレンディドラマみたいなものをどんどん観始めていた時分にも、一人で刑事ドラマを楽しみにしていた。大人になって働き始めてから、そんなに毎回毎回ドラマを観る時間が取れなくなったのだが、約一年前にフリーランスになって、それまでの鬱憤《うっぷん》を晴らすように刑事ドラマを観まくっている。主に観ているのはBSの局で、それまで名前だけ知っていたような有名な海外の刑事ドラマがほとんどである。刑事ドラマの放送される日で曜日の感覚を保っているといっても過言ではない。自分の契約の範囲内で、視聴可能な限りの刑事ドラマを、この一年でたぶん200話以上観たと思うのだけれども、そんな中でも、つくづく『相棒』はよくできているんだなあ、と感じ入る次第である。

二〇一三年十月をもってシーズン12を迎える『相棒』は、世界的に見ても長寿の刑事ドラマシリーズのはずである。海外のドラマは、だいたい俳優側の事情などで、ある一定の世界観の部品のように刑事たちが出入りし、あっさりと「配属されました」の一言でレギュラーになったりして、そこにおもしろみがあったりもするのだけれども、『相棒』のように、コンビの片割れがどのような人物になるのかということが一つの興味深いイベントとして扱われることは、おそらくほとんどない。それぐらい、『相棒』は、作品の中で登場人物を育てていくということに意識的なシリーズなのだと思われる。

シーズン11では、初回がそのイベントにあてられる。けれども、甲斐享刑事が杉下右京警部と一緒に仕事をするまでのなりゆきを消化するだけの話ではなく、非常にさまざまな要素が含まれた話になっている。香港の在外公館で、副領事の妻が拳銃の暴発に巻き込まれて亡くなる、という事件を発端とするこの回は、上流階級といえる容疑者たちの、とにかく腹に一物あって鼻につく感じといい、地元香港の警察も、日本からの捜査員も立ち入れないという隔離された状況といい、紛れもなくアガサ・クリスティー的なお屋敷もののミステリーに分類されると思う。

新しい相棒候補の概要を、お屋敷ものに絡める、というだけでも十分楽しいのだけれども、特命係のお隣の五課の人々が捜査に協力したり、日本国内で起こった新たな殺人に一課の三人が乗り出していたりと、それまでに作り上げた『相棒』の世界観を紹介することにも成功していて、事件そのもの以外にも楽しめる部分がたくさんある。特に、香港にいる右京さんにエールを送る一課の面々の様子には、職場における信頼の形と、長いこと続いているシリーズの熟成を感じてしみじみしてしまった。

総領事の一存で何もかもが決まってしまう、という、ほとんどSFかよというぐらいの治外法権的状況における、隠蔽《いんぺい》につぐ隠蔽というおもしろさを味わわせてくれる中、事件だけでなく、甲斐享の人となりもわかってゆくという構成の丁寧さと起伏の作り方には、本当に感心した。たとえば、あまりにも少ない要素をのっぺりと引き伸ばして、どうでもいい登場人物同士のじゃれあいに時間を費やしているようなドラマには当然退屈するし、逆に、多すぎる要素を詰め込んで、一分目を離したらもう何がなんだかわからない、というような複雑なドラマであっても、理解を放棄してしまうことがあるのだが、『相棒』はそのどちらでもない。本放送では、20時から22時9分まであったというこの回は、一本の映画並みの長丁場なのだけれども、とてもタイトな展開で、まったく視聴者を飽きさせない。在外公館に仕える先輩に嫌みを言われて大暴れするカイトと、それをたしなめる右京さん、というシーンでは、思わず笑ってしまった。その少し後の、「こう見えて、ぼくは、被疑者をいたぶるのは得意なんですよ」と右京さんが話す場面のスピード感もすごい。両場面とも、コミカルだけれどもひたむき、シリアスだけれども個性的、という微妙な空気感を作り出すことに成功している。

二話目は、伝説的なジャズピアニストの型取りした腕の行方と、その作品がかけられるオークションをめぐる犯罪の話である。とても凝った話で、型取りした腕の真贋《しんがん》をめぐって、次々と登場人物の思惑と事情が展開してゆく。

三話目は、投資家の殺人事件が、ボクシングの世界戦にまつわる人間模様へとつながる。あまりにも悲哀に満ちたこの話は、ややこしい仕掛けを施さなくても、人と人のドラマだけで物語を作ってゆくこともできる、『相棒』シリーズらしい作品であるとも言える。
四、五話目は、本放送時に個人的にとても感心した回である。四話目は、航空会社の労組の元委員長、現在は人事部に所属する社員が殺される。事件を追ううちに、右京さんたちは航空会社と警察庁のＯＢたちの天下りの実態に辿《たど》り着くのだが、このあたりのからくりには、事件の真相そのもの以上に膝を打つような巧妙さと、そしてやりきれない醜悪さがある。また、この話では、企業の中で個人があらゆるものを背負わされる、非常に日本的な側面を明瞭《めいりよう》に描いている。ある人物が別の人物に対して口にする、「あなたの肩には多くの人生がかかってる」という台詞のいやらしさと圧迫感は絶妙で、日本産の刑事ドラマだけが描ける、社会の複雑さを取り扱った話と言える。
そして、宝石強盗事件と、石段から落ちて怪我をしたあやしい人物、というまったく違った二つがゆるゆると絡み合ってゆく五話目は、シーズン11の中でも屈指のおもしろさを誇るのではないか。信用できない話を繰り返す石段から落ちた人物はいったい何者であるのかということ、それをただ追いかけるだけの話ではあるのだが、その二転三転ぶりにおける、軽さと裏腹の不穏さが交互に訪れるような感触はすばらしいと思う。『相棒』シリーズは、こういった、薄皮をはぐように誰かが何者で何をやろうとしているのかということがわかってゆく話もとても上手だ。真相には、苦さと切なさが漂い、現代の世相が反映されている。トリッキーな話の展開と、社会の中における人間のあやふやさを描くことを、あますところなく同時に達成している、非常に優れた話だと思う。六話目のストーカー殺人と目される事件の話は、比較的オーソドックスな展開と真相のようでいて、人間の弱さと身勝手さを喝破している。二重三重にめぐらされた動機の底と、犯人を追い詰めてゆく右京さんの容赦のなさが印象的な作品である。

この六話だけでも、お屋敷ものあり、人情ものあり、社会派あり、コメディのようなスリラーのようなものもあり、と『相棒』は本当に芸域の広い作品だなあとつくづく思える。これだけの題材を扱える刑事ドラマは、他にないのではないか。『相棒』の後発も含めた海外のドラマの名前を引いて許されるのであれば、『名探偵ポワロ』のうまさと軽快さと展開の力、『LAW & ORDER：クリミナル・インテント』の複雑さと予想もつかなさ、『クローザー』の登場人物の魅力と容赦のない社会性、そしてイギリス版の『相棒』とも言われているという『主任警部モース』における、人の計り知れなさと叙情、それら全部の要素を内包しているのが『相棒』であると言える。日本人には結局、『相棒』があればいいんだ、と言い切ってしまっても良い。それほど豊かな世界観を持っているのである。

毎度殺人を描きながらも、『相棒』はそのショックにとどまらない。人が死ぬということを通して、右京さんの在り方に代弁されるような倫理と、社会とそこに住む人々のコミットメントの有様をしっかりと描き、視聴の反復に耐えうるだけの内容を持っている。更なるシリーズの隆盛を、楽しみに見守っていきたい。

（つむら　きくこ／作家）

相棒 season 11（第1話〜第6話）

STAFF

ゼネラルプロデューサー：松本基弘（テレビ朝日）
プロデューサー：伊東仁（テレビ朝日）、西平敦郎、土田真通（東映）
脚本：輿水泰弘、櫻井武晴、戸田山雅司、徳永富彦、
　　　ハセベバクシンオー、太田愛、（脚本協力・守口悠介）
監督：和泉聖治、近藤俊明、東伸児、田村孝蔵
音楽：池頼広

CAST

杉下右京……………水谷豊
甲斐享……………成宮寛貴
月本幸子…………鈴木杏樹
笛吹悦子……………真飛聖
伊丹憲一…………川原和久
三浦信輔…………大谷亮介
芹沢慶二…………山中崇史
角田六郎……………山西惇
米沢守……………六角精児
大河内春樹………神保悟志
中園照生……………小野了
内村完爾…………片桐竜次
甲斐峯秋…………石坂浩二

制作：テレビ朝日・東映

第1話　初回放送日：2012年10月10日

聖域

STAFF

脚本：輿水泰弘　監督：和泉聖治

GUEST CAST

小日向詠美 ………賀来千香子　根津誠一………………山田純大

小日向貞穂 ……………団時朗　三井直政………………小林正寛

第2話　初回放送日：2012年10月17日

オークション

STAFF

脚本：戸田山雅司　監督：近藤俊明

GUEST CAST

坂巻百合子 …………岡まゆみ　富塚修一郎………………藤木孝

第3話　初回放送日：2012年10月24日

ゴールデンボーイ

STAFF

脚本：太田愛　監督：和泉聖治

GUEST CAST

石堂龍臣 ……………山本龍二　荒木淳……………………趙珉和

柳田康夫 ……………若杉宏二　松井良明……………渡嘉敷勝男

第４話　初回放送日：2012年10月31日

バーター

STAFF

脚本：櫻井武晴　監督：東伸児

GUEST CAST

潮弘道 ……………石丸謙二郎　佐久間勉…………………中丸新将

内藤肇 ………………菊池均也

第５話　初回放送日：2012年11月７日

ＩＤ

STAFF

脚本：ハセベバクシンオー　脚本協力：守口悠介

監督：田村孝蔵

GUEST CAST

滝浪正輝 ……………加藤晴彦

第６話　初回放送日：2012年11月21日

交番巡査・甲斐享

STAFF

脚本：徳永富彦　監督：和泉聖治

GUEST CAST

奥山誠 ………………賀集利樹　久保亮二………………小林高鹿

奥山深雪 …………石原あつ美

朝日文庫

相棒season8（上）
脚本・輿水　泰弘ほか／ノベライズ・碇　卯人

杉下右京の新相棒・神戸尊が本格始動！　父娘の愛憎を描いた「カナリアの娘」など、連続ドラマ第8シーズン前半六編を収録。〔解説・腹肉ツヤ子〕

相棒season8（中）
輿水　泰弘ほか／ノベライズ・碇　卯人

四二〇年前の千利休の謎が事件の鍵を握る「特命係、西へ！」、内通者の悲哀を描いた「SPY」など六編。杉下右京と神戸尊が難事件に挑む！

相棒season8（下）
輿水　泰弘ほか／ノベライズ・碇　卯人

神戸尊が特命係に送られた理由がついに明らかにされる「神の憂鬱」など、注目の七編を収録。伊藤理佐による巻末漫画も必読。

相棒season9（上）
脚本・輿水　泰弘ほか／ノベライズ・碇　卯人

右京と尊が、夭折の天才画家の絵画に秘められた謎を追う「最後のアトリエ」ほか七編を収録した、人気シリーズ第九弾！〔解説・井上和香〕

相棒season9（中）
脚本・輿水　泰弘ほか／ノベライズ・碇　卯人

尊が発見した遺体から、警視庁と警察庁の対立を描く「予兆」、右京が密室の謎を解く「招かれざる客」など五編を収録。〔解説・木梨憲武〕

相棒season9（下）
脚本・輿水　泰弘ほか／ノベライズ・碇　卯人

死刑執行されたはずの男と、政府・公安・警視庁との駆け引きを描く「亡霊」他五編を収録した、累計一九六万部突破の人気シリーズ。

相棒《あいぼう》 season11 上　朝日文庫

2013年12月30日　第1刷発行

脚　本　輿水泰弘《こしみずやすひろ》　櫻井武晴《さくらいたけはる》　戸田山雅司《とだやままさし》
徳永富彦《とくながとみひこ》　ハセベバクシンオー　太田愛《おおたあい》
守口悠介《もりぐちゆうすけ》

ノベライズ　碇《いかり》 卯人《うひと》

発行者　市川裕一

発行所　朝日新聞出版
〒104-8011　東京都中央区築地5-3-2
電話　03-5541-8832（編集）
03-5540-7793（販売）

印刷製本　大日本印刷株式会社

ISBN978-4-02-264728-3